지하세계 아이들

지하세계 아이들

프랑수아즈 제 장편소설
최정수 옮김

|주|자음과모음

내 딸 카퓌신에게

차례

아이들은 북쪽 구역에서 가장 외따로 떨어진 건물을 통해 땅 위로 올라왔다. 싸늘한 습기가 감도는 인적 없는 거리에 이슬비가 내리고 있었다. 가로등은 방금 꺼졌고, 햇빛이 희미하게 비쳐들었다. 지하세계의 부랑아들은 무리를 지어 대장의 지시를 기다렸다. 대장이 척후병 노릇을 하는 아이에게 뭔가 묻는 듯 짧게 눈짓을 했다. 그런 다음 두 손을 올려 머리 위에서 맞잡았다. 흩어지지 말라는 신호였다. 모두들 거리 끄트머리를 넘어가서는 안 되었다. 꾸물거리면 아무것도 얻지 못한다. 대장이 두 손의 손바닥을 펴 앞으로 힘차게 내밀자, 부랑아들이 잽싸게 달려가 두세 명씩 무리 지어 쓰레기통을 둘러쌌다.

거의 동시에 찢어질 듯한 비명 소리가 솟아올랐다. 어디선가 경찰들이 나타나 거리를 가득 메웠던 것이다. 지하세계 아이들은 달아나기 시작했다. 나이가 많은 축에 속하는 아이들은 하수도 쪽으로 달아났지만, 비교적 어린 아이들은 겁에 질린 나머지 얼떨결에 경찰의 포위망을 향해 달려갔다. 경찰들은 그런 아이 세 명을 붙잡아 경찰차에 태웠다.

갑자기 약탈자들이 뛰어나와 경찰에게 덤벼들었다. 약탈자 무리와 경찰 사이에 싸움이 벌어졌다. 지하세계 아이들의 대장은 그 소란스러운 틈을 타 경찰차에 탄 세 아이를 도로 데려오려고 했다. 경찰들이 잠시 후퇴했다가 방독면을 쓰고 돌아와 약탈자들을 향해 연막탄을 터뜨렸다. 지하세계 아이들은 삽시간에 도망쳤고, 거리는 다시 비었다.

미처 도망치지 못한 지하세계 아이들이 보도 위에서 신음했다. 아이들의 대장은 길바닥 하수도 입구에서 가슴속을 태울 듯한 독한 연기를 피해 기어가고 있었다. 웬 남자 두 명이 오더니 그 아이를 들어 올려 차에 태웠다.

"아틀란!"

하수도 쪽에서 누군가가 절망에 빠진 목소리로 그 아이의 이름을 외쳐 불렀다.

1

조드는 이리엘의 손을 꼭 붙잡고 한 걸음 한 걸음 조용히 걸으려고 애썼다. 이리엘과 조드가 지나가는 터널 속은 쥐 죽은 듯 조용했다. 두 아이는 아무런 소리도 내지 않았다. 그러나 터널 안에서는 소리가 났다. 두 아이의 옆을 무기력하게 흘러가는 수로에서 느리게 찰랑거리는 물소리가 났다. 벽을 따라 흘러내리는 물소리도 들렸다. 머리 위쪽 도시에서 희미한 소음이 들려왔고 지하철이 움직이는 소리도 들렸다. 귀에 거슬리는 윙윙거리는 소리 혹은 멀리서 요란하게 울리는 소리도 있었다. 들어야 했다. 익숙한 소음들에 귀를 기울여야 했다. 들어야 했다. 그리고 대응해야 했다. 수상쩍은 아주 작은 소리에도 대응해야 했다. 특히 사람의 목소리가 들리지 않는지 알아내야 했다. 목소리가 어디서 들려오는지 가능한 한 빨리 알아내고 어디로 도망칠지 결정해야 했다. 목소리의 주인과 맞닥뜨려서는 안 되었다. 무슨 수를 써서라도 맞닥뜨리는 일만큼은 피해야 했다. 이리엘과 조드는 지하세계 아이들을 피해 도망쳐 온 참이었다.

이리엘과 조드는 한 시간째 걷고 있었다. 이리엘은 터널의 둥근 천장 밑을 구불구불 걸었다. 수로에서 나던 역하고 메스꺼운 냄새가 이제는 느껴지지 않았다. 때때로 물 위쪽에 튀어나온 빗물받이 홈통 구멍으로 석양의 푸르스름한 빛이 굴러떨어졌다. 두 아이는 멀리 보이는 이 빛에 눈길을 고정한 채 앞으로 나아가고 있었다. 어스름한 빛이 가까워오는 것으로 얼마나 걸었는지를 어림짐작했다. 조드가 육백 걸음씩 걸음을 셌다. 조드는 숫자를 세고 글을 읽을 줄 알았다. 이리엘이 가르쳐주었다. 그러나 이 두 아이가 숫자를 세고 글을 읽을 줄 안다는 것을 아무도 짐작하지 못했다. 이리엘은 매일 아침 조드에게 주의 사항을 알려주고 외우게 했다.

갑자기 물 위에 충격음이 울려 퍼지는 바람에 두 아이는 걸음을 멈추었다. 두 아이는 수로를 따라 뻗어 있는 아치형 통로 밑에 본능적으로 몸을 웅크렸다. 앞쪽 조금 멀리에 뭔가가 나타난 것 같았다. 그러나 터널 안에는 침묵이 다시 내려앉았다. 이리엘은 조드의 손을 꽉 쥐고는 다시 걷기 시작했다.

이리엘은 조금 천천히 앞으로 나아갔다. 평상시와 다른 소리가 희미하게 들려왔다. 뭔가에 눌려 약해졌지만 끈질기게 귓가를 맴

도는 소리. 두 아이는 그 소리가 나는 방향으로 가고 있었다. 조드가 이리엘에게 붙잡힌 손을 흔들었다. 조드는 무서웠다. 그러나 수로가 가까이에 있어서 아무 말도 하지 못했다. 수로 근처에서는 어떠한 경우에도 말을 해서는 안 되었다. 속삭여서도 안 되었다. 목소리가 멀리까지 퍼져나가기 때문이다.

조드가 다시 한 번 이리엘의 손을 흔들었다. 그래도 이리엘은 계속 걸어갔다. 이리엘 역시 아까 물 위에서 난 충격음이 무서웠다. 하지만 뒤이어 벌어진 일은 아무것도 없었다. 그냥 충격음만 들렸을 뿐이다. 그렇다면 부랑아들이 낸 소리는 아니다. 폭력적인 부랑아들에게 발각되면 위험하다. 그러므로 마음을 놓아서는 안 되었다. 이리엘은 그것을 잘 알고 있었다.

또 다른 소리가 어렴풋이 들려왔다. 간신히 귀에 와 닿는 소리였다. 그러나 이리엘은 아무런 위협도 느끼지 않았다. 이유는 알수 없지만 오히려 그 소리에 마음이 끌렸다. 이리엘은 잠시 걸음을 멈추고, 자유로운 한쪽 손으로 조드의 뺨을 쓰다듬었다. 천천히 그리고 부드럽게. 조드는 이리엘의 손을 잡아 자기 입술에 가져다 대고는 말없이 입을 맞추었다.

이리엘은 다시 걸었다. 조드도 더는 투덜대지 않았다. 이제 두아이는 다음 하수도 입구에서 몇십 걸음 떨어져 있었다. 이리엘이 눈을 크게 뜨며 걸음을 재촉했다. 희미하던 소리가 약간 커졌다. 두 아이는 서로 몸을 꼭 붙였다. 소리는 고양이 울음소리를 닮아갔고, 이리엘은 소리가 들려오는 쪽으로 걸음을 더욱 재촉했다.

커다란 타원형 상자가 수로에, 우툴두툴한 돌 사이에 박혀 있었다. 위에서 비치는 푸른 빛이 상자를 둘러싸고 있었다. 이리엘은 조드를 벽으로 밀어붙인 뒤 바닥에 앉게 했다. 그런 다음 물이 허리까지 차는 수로 안으로 들어가 상자를 낚아채 물가로 가지고 나왔다. 조드가 다가와 상자 안에 무엇이 들었는지 보려고 했다.

그러나 이리엘은 상자를 얼른 겨드랑이에 끼고 몸의 균형을 잡은 뒤 조드의 손을 잡고 이끌었다.

상자를 지니고 보니 부랑아들과 맞닥뜨리면 어떻게 될까 하는 걱정이 더욱 커졌다. 그래서 이리엘은 조드가 짧은 다리로 따라올 수 있는 최고 속도로 걸어갔다. 마음이 몹시 급했다. 조드를 처음 만난 날의 기억이 머릿속에 떠올랐다. 어린 시절의 추억도 물밀듯 밀려왔다. 끝 모를 슬픔의 눈물이 이리엘의 눈가에 흘러내렸다.

2

이리엘은 어디로 가야 할지 알고 있었다. 다름 아닌 버려진 비행기 안이었다. 두 아이는 그 비행기를 A380이라고 불렀다. 거기까지 가려면 꽤 멀었다. 그러나 거기가 두 아이가 가장 편하고 안전하게 지낼 수 있는 곳이었다. 오늘이 금요일이니, 일요일까지는 거기서 평화롭게 지낼 것이다. 끝없는 방랑에서 벗어나 이틀 동안편히 지낼 수 있는 것이다! 하수도 안에서는 한곳에 지나치게 오래 머무는 것이 몹시 위험했다. 이리엘은 아버지에게서 그것을 배웠다. 그러나 낮에 다른 곳에서 지낸다면 매일 밤 같은 곳에 머물러도 되었다. A380 말고도 잠자기 좋은 은신처가 있었다. 안전하기는 하지만 조금 불편한 곳으로, 도시 북쪽 아름다운 구역에 있는 어느 건물의 지하실이었다. 이리엘은 그 지하실을 '평일용 은신처'라고 불렀다.

A380 안에서는 죽을 위험이 없었다. 통풍도 잘되었다. 문이나 조종실의 창문만 열면 되었다. 부랑아들이 들이닥칠 위험도 없었다. 부랑아들은 먹을 것이 떨어지면 하수도 밖으로 나와 도시로 갔다. 시골까지 오는 일은 거의 없었다. 그러므로 A380은 두 아이가 안전하게 오랫동안 휴식을 취할 수 있는 매우 소중한 장소였다. A380 안에 틀어박혀 밖에 나가지 않고 꼬박 일주일을 보낸 적도 있었다. 특히 몸이 아플 때는 그곳 말고는 편히 쉴 장소가 없었다. 그래도 근처에서 인부들이 일을 할 때는 조금 위험했다. 인부들에게 발각될 수도 있었다.

두 아이는 서쪽 하수도 끝까지 걸었다. 그리고 하수를 담아놓는 정수장 수조 쪽으로 향했다. 거기서 밤까지 참고 기다리기로 했다. 이리엘은 어떻게 하면 야간 경비원에게 들키지 않고 정수장에서 빠져나갈 수 있는지 알고 있었다. 정수를 담아놓는 수조 네 개를 지난 뒤 내벽을 끝까지 기어오르면 들판이다. 들판으로 나간 뒤에는 주변을 약간 경계하면서 A380까지 가면 되었다.

두 아이가 규칙적인 걸음걸이로 걷기 시작하자, 타원형 상자 안에서 나던 날카로운 소리가 그쳤다. 이리엘은 조드의 손을 계속 붙잡은 채 조심스럽지만 빠른 걸음으로 나아갔다.

비행기는 원래 하늘을 나는 운송 수단이었다. 그러나 2010년대 초에 화석 에너지가 고갈되고 탄산가스가 대기를 오염시키자, 서방 국가들은 비행기를 운송 수단으로 사용할 수 없게 되었다. 이후 사람들은 태양 에너지를 저장하고 보존하는 방법을 연구했다. 태양 에너지를 저장하는 작은 배터리를 만들었고, 태양 에너지로 움직이는 운송 수단인 아에로솔로를 개발했다. 개인이나 가족이 함께 타는 아에로솔로는 크기와 에너지 소비 방식이 태양 에너지와 잘 맞았다. 아에로솔로가 출현하자 대기를 오염시키고 석유 에너지를 대량으로 소모하는 자동차도 사라졌다. 도로에는 보행자와 자전거 탄 사람들이 많아졌다. 오직 경찰들만 바퀴 달린 운송 수단을 사용했다.

사람들은 쓸모가 없어진 비행기들을 공사장 옆 넓은 주차장에 모아놓고 조금씩 파괴했다. 세상에 있는 비행기를 전부 파괴하려면 수십 년이 걸린다고 했다.

이리엘은 비행기의 종말과 아에로솔로 시대의 시작을 부모님에게 들어서 알고 있었다. 당시 이리엘은 여덟 살이었다. 이리엘은 그 시간과 장소를 뚜렷이 기억했다. 이리엘은 가족들과 함께 집 테라스에 있었다. 저녁이 되어 하늘이 어두워지기 시작했고, 어머니가 식탁 위의 초에 불을 붙였다. 가족들이 다 함께 저녁 식사를 했다. 아버지가 새 아에로솔로를 한 대 사야겠다고 말했다. 그리고 비행기와 아에로솔로에 대해 이야기해주었다. 얼마 뒤, 이리엘의 어머니가 직장에서 해고당했고, 이리엘 가족은 새 아에로솔로를 사지 못했다.

이리엘의 눈에 다시 눈물이 흐르기 시작했다. 부모님 생각을 할 때면 늘 그랬다.

조드의 손에 힘이 빠졌다. 이리엘에게 끌려오다시피 해 몹시 지친 것 같았다. 그래도 달리 방법이 없었다. 시간을 허비해서는 안 되었다.

마침내 터널 끝에 불빛이 보였다. 이리엘은 조드에게 힘을 북돋워주려고 팔을 뻗어 그쪽을 가리켰다. 조드가 종종걸음치기 시작했다.

이리엘과 조드가 정수장 수조에 다다를 즈음 야간 경비원이 그곳을 떠났고, 땅거미도 어둠에 자리를 양보하기 시작했다. 이리엘은 완전히 어두워질 때까지 기다리지 않고 위험을 무릅쓰기로 결심했다. 상자 안이 조용한 것이 아무래도 걱정되었다.

들판으로 나온 두 아이는 뛰어서 들판을 가로질렀다. 비엘 마을을 지났고, 이제 십오 분 정도만 더 가면 공사장과 버려진 비행기들이 나올 터였다.

비행기까지는 갈 길이 아직 많이 남아 있었지만, 이제 속삭이는 목소리로 이야기할 수는 있었다.

조드가 먼저 입을 열었다.

"왜 뛰어가야 해?"

"이 상자 안에 든 것 때문이야."

이리엘이 대답했다.

"상자 안에 뭐가 들었는지 누나는 알아?"

"그래, 알아."

"나한테 말해주면 안 돼?"

"지금 당장은 안 돼, 조드. 나무 밑에 도착하면 그때 보여줄게."

두 아이의 오른쪽으로 1킬로미터쯤 떨어진 곳에서 비엘 마을 집들의 불빛이 춤을 추었다. 이리엘은 그 마을을 잘 알았다. 일할 수 있는 나이가 되자마자 그 마을의 빵집에서 일했기 때문이다. 거기서 번 돈으로 만일의 경우에 대비해 저장 식품을 샀다. 돈이 떨어진 뒤에는 도둑질을 했다. 이리엘은 도둑질을 좋아하지 않았다. 도둑질을 하다가 붙잡힐까 봐 무서웠다.

저장 식품은 모두 비행기 안에 비축했다. 이리엘은 조드가 너무 오랫동안 굶지 않도록 신경을 썼다.

이리엘은 평소처럼 마을 남쪽 잡목 숲 가장자리에 있는 버드나무 밑에서 좀 쉬기로 마음먹었다. 조드가 지나가도록 이리엘이 버드나무 가지를 헤치자, 가지에 달린 잎들이 부드럽게 살랑거렸다. 이리엘은 조금 떨어진 곳에 조드를 앉힌 뒤 상자를 내려놓았다. 그런 다음 상자 뚜껑을 단숨에 열었다.

상자 안에는 갓난아이가 들어 있었다! 이리엘은 아기의 가슴에 한 손을 얹고 아기가 숨을 쉬는지 확인했다. 그런 뒤 조드에게 가까이 오라고 손짓했다.

"아기야?"

조드가 아주 조그만 목소리로 물었다.

"그래."

이리엘이 한숨 쉬듯 대답했다.

"얘는 뭘 먹어?"

"우유."

"그럼 프랭 농장에 가서 우유를 훔쳐 와야 돼?"

"내가 갈게. 너는 비행기 안에서 아기를 보고 있어."

이리엘이 상자를 닫았고, 두 아이는 다시 길을 나섰다. 비행기까지 멈추지 않고 계속 걸어갔다.

조드가 아기 때 쓰던 물건들을 버리지 않고 보관해두길 잘했다! 한 번 일어난 일은 언제든 또 일어날 수 있다고 이리엘은 늘 생각했다. 많은 아기들이 태어난 지 몇 시간 만에 버려진다! 그리고 그 아기들이 모두 사랑 넘치는 부모에게 입양되지는 못한다. 부랑아들이 그런 아기들을 발견할 때 무슨 일이 일어날지는 상상하기도 싫었다.

3

이리엘은 아주 오래된 대형 여객기 안에 거처를 정했다. 여객기의 꼬리 부분에는 알파벳 하나와 숫자 세 개로 이루어진 'A380'이라는 글씨가 그대로 남아 있었다.

갓난아이였던 조드를 발견하기 직전, 이리엘이 들판을 쏘다니던 시절의 일이었다. 이리엘은 공사장에서 구멍 하나를 발견했다. 그 구멍을 통해 건너편으로 넘어갔고, 인부들이 일하는 공사장에서 조금 떨어져 있는 비행기들의 묘지를 발견했다. 이리엘은 그곳에 있는 비행기 세 대 안에 들어가보았다. 다른 두 대와 달리 A380은 좌석들이 혼잡하지 않게 배치되어 있었다. 거실 두 개와 바 하나, 식당 하나, 주방 하나, 침대가 있는 승무원 침실 네 개, 욕실 두 개도 있었다. 마치 널찍한 아파트 같았고 접근하기도 수월했다. 이리엘은 이 두 가지 이유 때문에 A380을 은신처로 택했다.

이리엘은 비행기 안에서 사용할 부분과 사용하지 않을 부분을 정해놓고, 사용하지 않을 부분에 가는 일을 금했다. 각자 방 하나씩을 갖고, 저장 식품은 모두 주방 찬장에 보관했다. 식사는 식당에서 했다. 이리엘은 노란 거실을 좋아했다. 그 거실이 상태가 가장 좋았고 분위기도 즐거웠기 때문이다. 이리엘은 노란 거실에 자기 책들을 가지런히 꽂아놓았다. 조드 역시 노란 거실의 가죽 안락의자에서 뒹굴며 책을 읽거나 몽상에 잠기는 것을 좋아했다.

어느 일요일, 이리엘은 부서진 자재들이 쌓여 있는 창고에서 스테인리스로 된 큰 통 두 개를 발견했다. 그 통들을 가져다 공사장의 수도 호스로 오랫동안 씻은 뒤 비행기 뒤에 설치하고 빗물을 받아 마셨다. 드문 일이지만, 여름이면 가까운 수도꼭지로 가서 그 통들에 물을 받아 와야 했다. 그나마 얼마 전부터는 통에 받은 빗물을 마실 수 없게 되었다. 몇 주 전 이리엘은 마을 남쪽 입구 대형 슈퍼마켓 주차장에 차곡차곡 쌓여 있는 생수 병 꾸러미들을 눈여겨보았다. 토요일 밤에서 일요일 아침으로 이어지는 새벽, 두 아이는 그 생수 병 꾸러미들을 들고 슈퍼마켓 주차장과 A380 사이를 왔다 갔다 했다. A380의 화물창 안에 그 생수 병들을 비축해놓았다.

이리엘이 비행기 안에 들어가 육중한 문을 등 뒤로 닫았다. 이리엘은 자기 침대 위에 상자를 내려놓은 뒤 뚜껑을 열었다. 그리고 아기를 두 팔로 살그머니 안아 올렸다. 아기는 움직임이 없었다. 하지만 조그만 심장이 팔딱거리는 것이 손에 느껴졌다. 이리엘은 수건으로 아기를 잘 감쌌다.

"죽었어?"

조드가 물었다.

"아니. 하지만 빨리 우유를 먹여야 돼."

이리엘이 대답했다.

"여기엔 우유가 없잖아."

조드가 걱정스러워하며 작은 소리로 말했다.

"곧 우유를 가져다 줘야지. 조드, 주방에 가서 물병 하나만 가져와."

이리엘이 말하자 조드는 방에서 나가더니 곧 물병을 가지고 돌아왔다.

이리엘은 조드가 가져온 물병의 물을 새끼손가락에 적셔 아기의 입술에 가져다 댔다. 아기의 조그만 입술을 조금 벌려 혀 위에 물 한 방울을 떨어뜨렸다.

"안녕, 아가. 나는 이리엘이야. 내가 너를 발견했어. 이제 너는 외롭지 않을 거야. 그리고 이 아이는 조드야. 조드는 네 오빠가 될 거야. 조드와 내가 너를 영원히 지켜줄 거야."

아기가 이리엘의 손가락을 조금씩 빨기 시작했다.

"이제 됐어! 아기가 손가락을 빨아."

조드가 감탄했다.

"우리가 이 아기의 생명을 구할 거야."

이리엘이 확신에 찬 어조로 말했다.

이리엘은 조드를 침대 위에 앉히고 아기를 조드의 팔에 안겨주었다.

"내가 방금 한 것처럼 아기에게 해줘. 너무 빠르게 하면 안 돼. 한 번에 물을 너무 많이 줘도 안 되고. 그러면 아기에게 해로울지도 몰라. 나는 프랭 농장에 가서 우유를 가져올게. 밖이 캄캄해졌지만 무서워할 필요 없어. 농장까지 갔다 오는 데 그리 오래 걸리지 않을 거야."

이리엘은 주방에 가서 새 물병을 찾아 안에 든 물을 개수대에 비워낸 뒤 밖으로 나갔다.

4

오래 지나지 않아 이리엘은 신선한 우유가 가득 담긴 물병을 가지고 돌아왔다. 이리엘이 프랭 농장의 축사에 가서 소젖을 짜 온 일은 처음이 아니었다. 축사의 가축들도 이리엘을 자주 보았기 때문에 이리엘이 와도 별다른 반응을 보이지 않았다.

이리엘은 우유에 물을 탔다. 그리고 조드가 쓰던 젖병을 꺼냈다. 육아 책에서 읽은 것처럼 젖병 꼭지를 끓는 물에 소독할 수는 없었으므로, 대신 물에 잘 씻었다. 이리엘은 아기를 품에 안고 젖병 꼭지를 아기 입술에 살살 문질렀다. 처음에 아기는 반응을 보이지 않았다. 하지만 조금 기다리자 게걸스럽게 젖병을 빨기 시작하더니 젖병 안의 우유를 다 먹어버렸다.

"우유 양이 너무 적은가 봐."

조드가 말했다. 그러자 이리엘이 설명했다.

"갓난아이에게 우유를 너무 많이 주면 안 돼. 갓난아이는 조금씩 자주 먹어야 돼."

이리엘은 조드가 아기였을 때 책을 통해 육아 지식을 익혔다. 책을 통해! 이리엘이 알고 있는 것은 모두 책을 통해 얻은 지식이었다! 이리엘은 책을 읽고 또 읽었다. 종류에 상관없이 책을 통해 모든 지식을 얻었다! 이리엘은 책에 관해서는 '도둑질'이라는 표현을 사용하기 싫어했다. 폐기할 책들을 가져오는 것을 도둑질이라고 말할 수 있을까? 몇 년 전, 이리엘은 도시 남쪽에서 이상한 창고를 발견했다. 제대로 닫아두지 않은 창고였다. 창고 안에는 책과 잡지들이 산더미처럼 쌓여 있었다. 낮 동안 인부들이 그 책과 잡지들을 큰 통 속에 넣은 뒤 대형 분쇄기로 으스러뜨렸다. 비행기 안에 있는 책들은 모두 그 창고에서 가져온 것들이었다. 이리엘은 힘닿는 대로 책들을 가져왔다. 소설, 수필, 요리책, 교과서, 의학 서적, 신문, 백과사전 등등……. 이리엘은 그 책들을 모두 읽었다. 이리엘은 매사에 호기심이 많았다. 알고 싶고 배우고 싶었다. 끊임없이 배우고 싶었다. 지하세계 아이가 되지 않기 위해, 삶의 무게를 견디기 위해, 다른 삶에 대해 말해주는 그 책들이 필요했다. 신문과 잡지를 통해 자신이 살다가 쫓겨난 곳, 자신이 씁쓸하게 '부자 구역'이라고 부르는 곳에서 무슨 일이 일어나는지 알기도 했다.

이리엘은 아기를 안아 어깨에 기대게 한 뒤 아기가 트림하기를 기다렸다. 그런 다음 아기의 옷을 벗겼다.

"여자아이야."

이리엘이 조드에게 말했다.

아기는 태어난 지 일주일이 넘지 않은 것 같았다. 배꼽에 탯줄이 아직 붙어 있으니 말이다. 이리엘은 아기를 깨끗이 씻기고 포대기로 감쌌다. 이제 이 아기는 적어도 버림받지 않았다. 아마도 아기 어머니는 아기를 버리기 전에 온종일 망설였을 것이다. 이리엘은 오늘 날짜인 5월 14일에서 이틀을 뺀 5월 12일을 아기의 생일로 정하기로 했다. 조드에게도 그렇게 말했다.

"그러니까 이 아이가 태어난 날이 2025년 5월 12일이야?"

"그래, 지금이 2025년이니까."

"내가 태어난 날은 2019년 6월 21일이고?"

"그렇지. 태어난 날은 바뀌지 않아."

"내 생일도?"

"그래, 네 생일도 바뀌지 않아."

이리엘이 조드를 안심시켰다. 이리엘은 조드를 꼭 끌어안고는 말했다.

"이 아기 이름을 뭐라고 할까?"

"잘 모르겠어. 누나가 생각해봐."

이리엘은 눈을 감았다. 이리엘이 아기에게 이름을 지어주는 것은 이번이 두 번째였다. 조드 때에는 단번에 이름이 생각났다. 어떻게 생각났는지는 기억나지 않는다. 아무튼 조드의 이름이 조드라는 것을 즉시 알 수 있었다.

잠시 후 이리엘은 눈을 떴다가 다시 감은 뒤 방금 배불리 먹고 잠든 갓난 여자아이의 얼굴을 떠올려보았다. '내가 이 아기를 물에서 건져냈지.' 이리엘은 생각했다. 그러자 어린 시절의 기억이 고스란히 되살아났다. 아버지와 어머니의 모습이 떠올랐다. 다섯 살짜리 소녀였던 이리엘은 성경 이야기를 듣기 위해 아버지 옆에 앉았다. 아버지가 모이즈(모세) 이야기를 들려주었다. 모이즈는 갓난아이 때 나일 강을 떠 가는 바구니 속에서 발견되었다. 이집트 공주가 모이즈를 입양해 키웠다. 어머니가 부드러운 목소리로 말했다. "모이즈는 히브리어로 물에서 건져냈다는 뜻이란다." 기억의 스크린 위에 그 장면이 생생하게 되살아났다. 어머니도 아버지도 살아 숨 쉬는 것 같았다. 부모님의 몸이 와 닿는 것이 느껴지고, 팔이 자신의 어깨를 감싸는 것 같았다.

"생각해냈어?"

조드가 작은 목소리로 재우쳐 물었다.

"모이자."

이리엘이 대답했다.

"모이자?"

"물에서 건져냈다는 뜻이야."

이리엘이 설명했다.

"나도 모이자가 마음에 들어."

조드가 찬성했다.

"그러면 이제부터 이 아기의 이름은 모이자야. 아기가 잠에서 깨어나면 바로 말해주자."

이리엘이 말했다.

"누나가 말해줘. 누나가 이 아기의 엄마잖아."

"그래, 내가 말해줄게."

"나에게도 계속 엄마로 남아줄 거지?"

"그럼. 나는 너희 둘 다의 엄마가 될 거야. 우리는 이제 한 가족이야."

조드는 잠시 가만히 있다가 다시 입을 열었다.

"조드는 쓰레기통에서 건져냈다는 뜻이야?"

"아니야!"

"그럼 무슨 뜻이야?"

"아마 '이리엘 누나는 너를 영원히 사랑해'라는 뜻일걸."

이리엘이 대답했다.

"누나가 생각해냈지만 예쁜 이름이네."

"그럼, 예쁜 이름이지."

이리엘이 부드러운 목소리로 동의했다.

"이제 잠을 좀 자자……. 모이자는 우유 먹을 시간에 맞춰 깨어날 거야."

5

"나에게 복종해! 빌어먹을, 내가 말할 땐 눈 깔라고 했지! 너 간이 부었냐?"

옌틀란이 소리쳤다.

옌틀란은 자기가 이끄는 부랑아들을 바라보았다. 부랑아들은 반원 모양으로 늘어서서 고개를 숙인 채 발치를 내려다보고 있었다. 아이들은 옌틀란을 무서워했다. 옌틀란은 그것을 잘 알고 있었고 그것이 좋았다. 그것을 생각하면 몸속에 긴장감 어린 기쁨이 넘쳐흘렀다.

옌틀란 앞의 바닥에는 웬 남자아이 하나가 웅크린 몸을 비틀고 있었다. 옌틀란이 그 남자아이에게 거세게 발길질을 했다.

"너, 내 자리가 탐나냐?"

옌틀란은 잠시 말을 멈추었다가 똑같은 어조로 다시 말했다.

"우리 패거리에 있으면서 내 자리를 탐내? 그럼 여자애들도 탐 냈겠다? 그래, 안 그래?"

옌틀란은 말을 마친 뒤 오랫동안 소리내 웃었다.

"그렇지!"

옌틀란이 고함쳤다.

그리고 자기 앞에 웅크린 남자아이에게 침을 뱉었다. 다른 아 이들은 감히 꼼짝도 못하고 지켜보기만 했다. 아이들이 머리를 가 슴께로 숙였다.

"자, 이 녀석을 뜨거운 불 속에 처넣어! 우리 패거리엔 이 녀석 이 필요 없어. 너희도 오케이지?"

배 속에서 나는 꾸르륵거리는 소리와 비슷한 희미한 소리가 아 이들에게서 새어 나오는가 싶더니 곧바로 사그라졌다. 아이들은 옌틀란의 말에 동의했다.

옌틀란이 남자아이 두 명의 이름을 불렀다.

"뮈리, 베르크!"

남자아이 두 명이 옌틀란 앞에 웅크린 남자아이를 향해 급히 달 려왔다. 남자아이가 바닥을 기면서 몸을 일으키려고 했다. 그러나 두 남자아이가 양쪽에서 겨드랑이 밑에 팔을 끼어 그 아이를 붙잡 았다.

놀란은 그 남자아이가 테크릴임을 알아보았다.

테크릴은 한 계절쯤 전에 이 부랑아 패거리에 들어왔다. 땅 위에서 왔고, 읽고 쓸 줄 안다고 했다. 테크릴은 온순한 아이가 아니었다. 그래도 놀란은 테크릴을 구해주었다.

테크릴은 처음부터 대장인 옌틀란에게 반기를 들었고, 옌틀란은 땅 위에서 온 테크릴을 내심 무서워했다. 테크릴은 혈색이 좋았고, 옌틀란의 눈길을 주저 없이 마주했다. 옌틀란은 테크릴이 자기 자리를 뺏어갈 거라고 생각했다. 테크릴이 글을 읽을 줄 아는 것은 아무짝에도 도움이 되지 않았다.

놀란은 이 상황 속에 끼어들어야 할지 말아야 할지 망설였다. 만일 끼어든다면 뭐라고 말할 것인가? 요 며칠 동안 놀란은 자리를 비웠다. 그래서 무슨 일이 일어났는지 알지 못했다. 옌틀란은 테크릴만 몰아내면 된다고 굳게 믿는 것 같았다.

놀란은 옌틀란의 동생이었다. 그리고 옌틀란은 이 부랑아 무리의 대장이었다. 옌틀란은 원래 대장이었던 큰형 아틀란의 자리를 물려받았다. 아틀란은 지난 초가을 땅 위로 외출했을 때 실종되었다.

이들 삼형제는 함께 하수도에 왔다. 당시 놀란의 나이 두세 살이었고, 옌틀란은 대여섯 살이었다. 아틀란은 열두 살이었다. 아틀란은 두 동생에게 그때의 이야기를 자주 해주었다. 두 동생이 하수도에서 살아남은 것은 큰형 아틀란 덕분이었다. 아틀란은 부랑아들이 두 동생을 인정하게 하려고 무진 애를 썼다. 아틀란은 얼마 지나지 않아 부랑아들의 대장이 되었고, 덕분에 두 동생은 아틀란의 보호를 받으며 자라났다. 옌틀란은 그 특권을 이용해 다른 부랑아들을 학대하고 무력으로 복종시켰다. 반면 놀란은 대립을 피하고 싸움을 평화적으로 해결하려고 노력했다. 대립과 싸움은 지하세계 부랑아들에게 일상적으로 일어나는 일이었다. 아틀란이 실종되자, 옌틀란은 곧바로 형의 자리를 차지했다. 아이들은 옌틀란의 난폭한 성미를 잘 알고 있었으므로 감히 이의를 제기하지 못했다. 옌틀란은 너그럽고 유연했던 아틀란과는 매우 달랐다. 게다가 두려움 때문에 더욱 심술궂어졌다. 만일 놀란이 튀는 행동을 하면 옌틀란은 주저 없이 놀란을 몰아낼 터였다. 그러므로 옌틀란의 행동에 이의를 제기하고 싶을 때는 주의해야 했다. 어느 선까지 이의를 제기할 수 있는지 놀란은 알고 있었다. 특히 옌틀란이 광기에 사로잡혔을 때는 행동을 더욱 삼가야 했다. 오늘 옌틀란은 제정신이 아니었다. 무엇이 그리 화가 나는지 테크릴에게 마구 분풀이를 했다. 최근에 놀란은 옌틀란이 처형하려고 한 부랑아 세 명을 옌틀란의 손에서 구해냈다. 그러므로 상황이 좋지 않았다. 지금 끼어들면 놀란의 목숨까지 위험했다. 놀란은 끼어들려던 생각을 포기했다.

옌틀란이 출발 신호를 했다. 부랑아들이 움직이기 시작했다. 놀란은 숨어서 부랑아들을 따라갔다. 옌틀란이 테크릴을 처형한 후에 '하얀 글씨' 은신처로 돌아갈지는 확실하지 않았다.

뮈리와 베르크가 앞에서 테크릴을 끌고 갔다. 테크릴의 두 발이 바닥에 거칠게 끌렸다. 테크릴은 더 이상 몸부림치지 않았다. 아마 기절한 것 같았다. 옌틀란은 세 아이 뒤에서 히죽히죽 웃고 있었다. 현재 옌틀란의 여자 친구인 탈리아는 다른 여자아이들과 함께 뒤에서 따라왔고, 맨 뒤에서는 나머지 남자아이들이 따라왔다.

부랑아들은 수로를 거슬러 올라가 도시의 동쪽 문 아래를 지나갔다. 놀란은 부랑아 아이들과 적당한 거리를 유지했다. 곧 아이들은 동쪽 보일러 아래에 도착했다. 아이들은 보일러 위쪽으로 통하는 계단을 올랐다. 이제 테크릴은 보일러 중앙 굴뚝의 뚜껑에 매달릴 것이다. 굴뚝 밑으로 떨어질 것이고 몸이 순식간에 재로 변할 것이다.

놀란은 부랑아들이 보일러 위로 올라가도록 기다리다가 가까운 기둥의 그늘에 몸을 피했다. 일이 끝나면 부랑아들이 다시 내려올 테니 거기서 기다릴 생각이었다. 아이들이 내려오면 뒤따라갈 것이고, 해가 저물기를 기다렸다가 모습을 드러낼 작정이었다. 놀란은 마음속으로 테크릴에게 마지막 작별 인사를 보냈다. 흐르는 눈물을 참을 수가 없었다.

6

"너 어디 있었어?"

놀란이 부랑아 무리로 돌아오자 옌틀란이 고함을 쳤다. 부랑아들은 저녁을 먹는 중이었다.

부랑아들은 테크릴을 동쪽 보일러 속에 떨어뜨린 뒤, 도시 북쪽 구역으로 다시 올라갔다. 거기에는 형편이 넉넉한 주민들이 살고 있었다. 아이들은 밤이 오기를 기다렸다가 쓰레기통으로 다가갔다. 평소에 부랑아들은 부자들이 집에서 저녁으로 먹고 버린 음식을 주워 돌아왔다. 그러나 북쪽 구역은 감시가 매우 심했다. 붙잡히지 않는 것이 유일한 법칙이었다. 경찰들과 맞닥뜨리기라도 하면 각자 알아서 요령껏 행동해야 했다. 경찰들은 부랑아들이 격렬히 저항하지만 않으면 죽이지는 않았다. 부랑아들을 붙잡다가 어디인지 알 수 없는 곳으로 끌고 갔다.

그러나 위험을 무릅쓸 가치가 있었다. 물건들을 많이 가져올 수 있었기 때문이다. 유통기한이 갓 지난 통조림, 먹고 남은 음식, 방금 쓰레기통에 버린 다양한 물건들. 새것이나 다름없는 옷가지를 발견하는 일도 자주 있었다. 그러나 여자아이들은 그 옷가지를 차지하려고 다투지 않았다. 은신처에 돌아온 뒤 옌틀란이 자기 마음에 드는 여자아이를 지목하면 그 여자아이가 옷을 가져갔다. 다른 여자아이들은 감히 반발하지 못했다.

음식을 나눌 때에도 옌틀란은 그렇게 했다. 모두 배불리 먹을 만큼 음식이 충분하지 않을 때, 옌틀란은 자기 마음대로 음식을 나누었다. 가장 좋은 음식은 자기가 차지하고, 다음으로는 자기 부관들에게 주고, 그다음에는 자기가 좋아하는 여자아이에게 주었다. 다른 아이들은 그 뒤에 남은 음식을 나누어 먹었다. 가끔 아무것도 남지 않는 경우도 있었다. 만 하루가 넘게 아무것도 먹지 못하고 지내기도 했다. 그러나 아무도 감히 대장에게 불평하지 못했다.

"너 어디 있었어, 응?"

옌틀란이 놀란의 뒤통수를 가볍게 두드리며 되풀이해 물었다.

"조사 좀 했어."

"평소처럼?"

"그래, 평소처럼."

"아무것도 없었어?"

"응."

"참, 내가 테크릴을 없애버렸어."

옌틀란이 말했다.

"알았어."

놀란이 대꾸했다.

"너무 바보 같은 녀석이라서."

옌틀란이 짧게 내뱉었다.

놀란은 더 이상 대꾸하지 않았다.

옌틀란이 놀란의 등을 두드렸다. 옌틀란은 등 뒤에서 동생을 때리기를 좋아했다. 일종의 애정 표현이었다. 그 표현에 화답해야 한다는 것을 놀란은 알고 있었다. 옌틀란이 놀란의 어깨를 세게 흔들었다. 그러고는 웃으면서 뚜껑을 딴 통조림 하나를 내밀었다. 완두콩 통조림이었다. 며칠 전 하수도를 떠난 이후 놀란은 음식을 거의 먹지 못했다. 놀란은 통조림을 받아 들고 호주머니에서 숟가락을 꺼내 게걸스럽게 먹었다.

"너 여자 친구 갖고 싶니?"

옌틀란이 물었다.

"있으면 좋지."

놀란이 대답했다.

"하지만 내 여자 친구를 노리면 절대 안 된다."

옌틀란이 놀란에게 은근히 겁을 주었고, 놀란은 형에게서 억눌린 공격성을 감지했다.

놀란이 대답했다.

"그래, 다른 데서 찾아볼게."

"아, 그러고 보니 그거였구나! 바로 그거였어. 네가 여기저기 돌아다니는 이유 말이야! 단순히 주변을 조사만 하는 건 아닐 거라고 생각했어."

옌틀란이 비웃듯 말했다.

"그래, 단순히 그것 때문만은 아니야."

"여자 친구 생기면 한번 데려와봐. 같이 재미있게 놀아보자고."

"생각해볼게."

놀란이 대답했다.

"그런데 너 멀리 갔었어?"

"여기서 먼 출구까지 갔다가 돌아왔어."

"아무것도 없었어?"

"응, 아무것도 없었어. 들판뿐이었어. 부자들도 보이지 않았어."

"이미 말했지만, 부자들은 모두 대공원 근처에 있어."

"그래도 좀 더 조사하고 싶어. 출구들을 전부 다 살펴볼 거야."

"네 생각이 옳아. 나는 찬성이야…… 네가 뭔가 찾아내면 좋겠는데!"

"찾아낼 거야."

놀란이 힘주어 말했다.

"다른 부랑아 패거리도 마주쳤어?"

"항상 마주쳐."

"그래서?"

"지금까지는 괜찮았어."

"괜찮았다고?"

"내가 형의 패거리 소속이라고 말했어. 그랬더니 건드리지 않던데."

놀란의 말에 옌틀란은 큰 소리로 웃음을 터뜨렸다. 옌틀란은 이번 계절 들어 여러 번 싸움을 했고, 다른 부랑아 패거리의 대장을 여럿 죽였다. 이후 옌틀란은 자기가 하수도 전체에서 가장 힘이 세다고 생각했다. 또한 다른 패거리들이 자기를 무서워한다고 생각했다. 이런 생각은 다른 어떤 생각보다 옌틀란을 기쁘게 했다.

"오늘 밤은 여기서 보낼 거야. 앞으로의 일은 더 두고 봐야지. 이제 그만 가서 자. 내가 보초를 세워놨으니까 너는 힘들게 밤샘하지 않아도 돼."

놀란은 이제는 지쳤다고 형에게 말하지 못했다. 형이 뭔가를 물을 때면 놀란은 항상 진실을 말했다. 하지만 자신이 아주 조그만 소리나 인기척에도 몸을 숨기며 다녔다는 것을, 다른 부랑아들이 먼저 지나가게 한 뒤 길을 가고, 터널 안에서 누구든 마주치는 일을 피했다는 것을 차마 말하지 못했다. 그렇게 끊임없이 경계하자니 몹시 피곤했다. 하지만 놀란은 부랑아들과 함께하는 일상생활보다 그런 경계 상황이 더 나았다.

7

이리엘이 아직 자고 있는데, 모이자가 잠에서 깨어나 울기 시작했다.

"모이자가 울어, 누나."

조드가 이리엘에게 말했다.

"배가 고파서 그러는 거야."

이리엘이 조드를 안심시켰다.

이리엘이 모이자를 품에 안고 부드럽게 어르면서 중얼거렸다.

"울지 마. 금방 우유 가져다 줄게."

이리엘이 모이자를 조드 옆에 내려놓았다. 이리엘은 오늘만은 조드가 자기 침대에서 함께 잠을 자도록 허락해주었다. 이리엘은 젖병을 가지러 갔다. 이리엘이 젖병을 가지고 다시 돌아왔을 때, 두 아이는 조용했다. 모이자는 조드의 새끼손가락을 빨고, 조드는 모이자를 안심시키는 말을 부드럽게 중얼거리고 있었다. 이리엘은 모이자 옆에 누워 모이자의 머리를 조금 들어 올린 뒤 모이자의 입술에 젖병 꼭지를 살그머니 가져다 댔다. 모이자가 조그만 입으로 젖병 꼭지를 덥석 물었다. 그러고는 힘 있게 빨아댔다. 조드는 어느새 잠들어 있었다.

젖병이 비자, 이리엘은 침대 위에 앉아 모이자를 어깨에 기대게 하고 등을 두들겨주었다.

"이 조그만 먹보."

이리엘이 모이자의 귀에 대고 속삭였다.

이리엘은 모이자를 향한 애정이 마음속에 넘쳐흐르는 것을 느꼈다. 조드가 아기였을 때에도 느껴본 애정이었다. 벅찬 기쁨이 타닥타닥 튀는 애정이었다. 몸을 바쳐 헌신하고 모든 것을 주고 싶은 애정이었다. 이 아기가 있는 한 자신은 무슨 일이 있어도 끄떡없다고 느꼈다. 모이자가 품에 안겨 있고, 조드는 옆에서 잠들어 있었다. 부랑아들이나 경찰에게 붙잡힐까 봐 늘 두려워하다가 오랜만에 맛보는 평화로운 시간이었다.

이리엘은 열 살 때 하수도에 왔다. 지난 1월 1일에 열일곱 살이 되었으니, 그때로부터 벌써 칠 년이 지났다.

당시 이리엘의 어머니는 이 년 동안 일자리가 없었다. 새로운 일자리도 찾지 못했다. 일자리가 없이 놀고 있으니 사람들은 더욱 일을 주지 않았다. 그것은 저주와도 같았다. 저주는 이리엘 아버지에게도 찾아왔다. 이리엘 아버지가 일하던 서점이 문을 닫았다. 이리엘의 부모님은 오래된 아에로솔로를 팔았고, 몇 달이 지난 뒤에는 살던 집을 떠났다. 우선은 캠핑 트레일러에서 살았다. 하지만 시에서 이리엘 가족을 쫓아냈고, 이리엘 가족은 노숙을 해야 했다. 여름이 지나고 가을이 왔다. 덥고 건조한 가을이었다.

12월이 되자 추위가 들이닥쳤고 겨우내 누그러지지 않았다. 이리엘 가족은 추위를 피해 지하철역 안에 들어갔다. 지하철역 안에서 그나마 추위를 견딜 수 있었다.

3월 말경, 공무원 파업으로 지하철역이 모두 폐쇄되었다. 이리엘 가족은 하수도로 발길을 돌려야 했다. 이리엘 아버지는 하수도 입구를 여럿 알고 있었다. 부랑아들 때문에 하수도 안이 위험하다는 것도 알고 있었다. 그러나 추위가 너무 심해 위험을 무릅쓰고 하수도 안으로 들어갔다. 이리엘 가족은 서로 몸을 꼭 붙이고 몇 시간 동안 몸을 녹였다. 그런 다음 다시 땅 위로 올라갔다. 그러던 어느 날, 결국 부랑아 패거리에게 발각되었다. 부랑아들이 이리엘 가족을 쫓아왔다. 부랑아들은 어른이나 아기들을 좋아하지 않았다. 어른이나 아기들을 보면 미친 듯이 화를 냈다.

부랑아들은 어디에서 왔는지 모르게 불시에 나타났다. 이리엘 아버지가 이리엘을 수로의 아치 밑 그늘에 밀어 넣었다. 잠시 후, 이리엘의 부모님은 부랑아들에게 살해당했다. 부랑아들은 알아들을 수 없는 말을 소리 높여 외치며 이리엘 어머니에게 마구 발길질을 했다. 이리엘 아버지가 아내를 도우러 달려올 수 없도록 다른 부랑아 세 명이 이리엘 아버지를 붙잡고 있었다. 부랑아들은 이리엘 어머니의 시체를 수로에 던져버리고, 이번에는 이리엘 아버지를 구타하기 시작했다. 마침내 이리엘을 발견한 부랑아들은 이리엘에게 썩 꺼지라고 했다. 겁에 질린 이리엘은 부랑아들이 시키는 대로 했다. 부랑아들은 별다른 행동을 하지 않았다. 이리엘은 목숨을 건졌다.

겁에 질린 이리엘은 터널 안을 방황했고, 목숨을 부지하기 위해 쓰레기통 뒤지는 법과 도둑질하는 법을 배웠다.

부랑아들에게 붙잡혀서는 절대로 안 되었다. 우연히 마주쳐서도 안 되었다. 근처에 있다는 의심조차 받아서는 안 되었다. 이리엘은 부랑아들에게 붙잡힐지 모른다는 공포를 늘 안고 살았다.

겉으로 보기에는 이리엘도 하수도의 부랑아였다. 하지만 다른 부랑아들과는 달랐다. 이리엘은 글을 읽고, 쓰고, 숫자를 헤아리고, 수영을 할 줄 알았다. 이리엘은 책, 공책, 그리고 연필을 훔쳤다. 물건 하나를 손에 넣으면 매일 공책이나 달력에 연도와 날짜를 기록했다. 학교에서 그렇게 배웠기 때문이다. 이리엘은 비행기 안에서 예전에 부모님과 함께 살 때처럼 책을 읽고, 글을 쓰고, 그림을 그렸다. 무슨 일이 있어도 제대로 된 인간으로 남겠다는 일념하에 이런 일들을 했다. 지하세계 아이가 되어서는 절대 안 되었다. 지하세계의 부랑아들처럼 다른 부랑아들을 공격해 죽이고,

공격당해 죽고, 경찰에게 붙잡혀서는 안 되었다. 경찰들은 지하의 하수도 안에 결코 들어오지 않았다. 하수도 입구에서 기다리거나 감시만 했다. 지하세계 아이들은 상점이나 시장, 가정집 혹은 쓰레기통에서 먹을 것을 훔치기 위해 하수도 밖으로 나가야만 했다. 경찰들은 바로 그때 지하세계 아이들을 체포했다. 이리엘은 지하세계 남자아이 한 명이 시장에서 경찰에게 체포되는 장면을 본 적이 있다. 경찰들은 그 남자아이의 두 팔을 붙잡아 경찰차에 태워 갔다. 그 모습을 지켜보던 채소 장수 두 명이 이야기했다.

"매일 아이들을 붙잡아 가는군. 지하세계 아이들의 수가 무척이나 많은 게지!"

"자네는 저 아이들이 경찰에 붙잡힌 뒤 어떻게 되는지 아나?"

"글쎄, 어떻게 되는데? 고아원으로 가나?"

"나도 잘 모른다네. 하지만 고아원으로 가는 건 아니기를 정말로 바라고 있어! 저 아이들이 고아원으로 가면 우리가 학비를 내줘야 하잖아. 이 실직 사태 속에서 말이야! 그러잖아도 먹고살기 힘든데, 굳이 고생을 덧붙일 필요가 있겠어? 차라리 저 아이들을 힘든 일에 써먹어야 할걸세. 아무도 하지 않으려고 하는 일이나 위험한 일에 말이야!"

그날 이리엘은 살아남으려면 투명인간처럼 행동해야 한다는 것을 깨달았다. 사람들의 눈에 띄어서는 안 되었다. 도시 위에서도, 도시 밑에서도. 그로부터 몇 주 뒤, 이리엘은 버려진 조드를

발견했다. 삶이 더 복잡해졌다. 하지만 이리엘은 더 이상 혼자가
아니었다.

어느 날 이리엘은 부자들의 쓰레기통에서 자기 몸에 잘 맞는
예쁜 원피스 한 벌을 찾아냈다. 비엘 마을의 빵집에 아르바이트
자리도 구했다. 덕분에 비엘 마을 남쪽에 있는 대형 슈퍼마켓에서
조드와 자신이 입을 옷을 살 수 있었다. 계절마다 한 벌씩. 이후
사람들의 눈에 띄지 않고 비엘 마을과 시내로 외출할 수 있었다.

모이자가 트림을 했다. 이리엘은 모이자의 턱에 흐르는 우유를
닦아주었다. 이리엘은 모이자를 다시 침대에 눕히고 두 아이 옆에
누웠다. 그리고 곧장 다시 잠들었다. 모이자가 기운을 차릴 때까
지는 A380에 머물러야 했다. 다섯 살짜리 남자아이와 생후 며칠
밖에 안 된 갓난아이를 데리고 하수도 안을 돌아다니는 것은 너
무 위험했다.

8

거리에 밝은 가로등 불빛이 비치고 사람들의 자취가 사라졌다. 스모그는 코를 찡그렸다. 조직의 모임은 십오 분이 넘게 이어졌다. 야간 통행 금지가 실시되고 있었지만, 밖에 나가 도시를 가로질러야 했다. 스모그는 과감하게 거리로 뛰어들어 순찰대가 있는지 살피며 빠르게 걸었다. 야간 통행 허가증을 갖고 있긴 했지만, 꼭 필요한 경우가 아니라면 보여주지 않는 편이 좋았다. 이따금 순찰대는 허가증을 보여달라고 하고 목적지가 정확히 어디인지 물었다. 어제 야간 통행 금지가 발표되면서 야간 통행 허가증이 의사들에게 배포되었다. 무기를 가진 패거리들이 거리에서 사람들을 공격하는 일이 잦아졌기 때문에 정부에서 실시한 안전대책이었다. 스모그는 이제 조직이 행동을 개시할 때가 되었다고 생각했다.

삼십 분 뒤, 스모그는 집에 도착했다. 아내 오팔리아가 자지 않고 기다리다가 급히 달려 나왔다.

"집에 오지 않아 걱정했어요. 저녁에 체포가 있을 거라는 발표가 났거든요."

"어디에서?"

"그건 말하지 않았어요."

"어쨌든 이 구역은 아니오. 지하세계 아이들을 체포한다는 거지?"

"아닌 것 같아요. 지하세계 아이들을 체포할 때는 그렇다고 확실하게 말을 하잖아요."

"그렇다면 약탈자 무리를 체포하는 거겠지."

그때 전화벨이 울렸다. 오팔리아가 전화를 받고 주소를 받아 적었다.

"덱스타예요. 양수가 터졌대요."

오팔리아가 전화를 끊으며 말했다.

스모그는 왕진 가방을 집어 들며 말했다.

"늦어지면 너무 기다리지 마요. 첫아이라서 시간이 오래 걸릴 테니까. 전화하리다."

덱스타의 집은 스모그와 오팔리아의 집에서 두 블록 떨어진 곳에 있었다. 스모그는 집 앞 거리 모퉁이에서 순찰대와 맞닥뜨렸다. 경기관총을 비스듬히 둘러멘 군인 둘이었다. 두 군인 중 하나가 스모그가 있는 방향으로 총을 겨누었고, 다른 군인은 스모그에게 야간 통행 허가증을 갖고 있느냐고 물었다. 스모그는 호주머니를 뒤져 허가증을 꺼내 군인에게 내밀었다. 군인은 그것을 재빨리 살펴보고는 말했다.

"좋소, 의사 선생. 지나가도 좋소."

스모그는 야간 통행 허가증을 돌려받아 호주머니에 넣은 뒤 계속 길을 갔다.

다음 날 오전 열 시경에야 스모그는 집에 돌아왔다. 스모그가 오팔리아에게 입을 맞췄다.

오팔리아는 스모그의 입맞춤에 답하며 대기실을 가리켰다.

"베라가 왔어요. 심각한 문제가 아니면 좋겠네요."

"늘상 가지는 주간 만남이니 별문제 없을 거요."

스모그가 아내를 안심시켰다.

스모그는 아기를 받은 뒤 덱스타의 집에서 아침을 먹었다. 아기는 사내아이였다.

스모그는 옷 갈아입을 새도 없이 대기실로 가서 문을 열었다. 환자 여덟 명이 조용히 앉아 기다리다가 문 쪽을 돌아보았다.

"늦게 와서 미안합니다. 간밤에 아기가 태어나서요."

스모그는 환자 한 사람 한 사람을 일일이 바라보고 웃으며 사과했다. 스모그는 환자들과 특별한 관계를 맺고 있었다.

"자, 어느 분 차례인가요?"

스모그가 물었다.

젊은 여자가 일어나 다리를 절며 다가왔다.

"오, 다리를 삐었군요! 자, 이리 오세요!"

스모그가 여자의 손을 잡으며 말했다.

여자는 절뚝거리며 진료실까지 스모그를 따라왔다. 스모그는 집의 다른 부분과 진료실을 구분해주는 문 두 개를 닫고 진료실 의자에 앉은 뒤, 젊은 여자에게 맞은편 의자에 앉으라고 손짓했다.

"어디 봅시다."

스모그는 여자가 손가방에서 꺼낸 종이를 가리키며 여자에게 말했다.

"이달에는 사회 보장 비용이 5000비레예요."

여자가 말했다.

"파업은요?"

"8000건 더 많아요. 4월에는 이것뿐이에요. 지하세계 아이들 150명이 체포되었거든요."

"우리 쪽은요? 우리 조직은 지하세계 아이들과 어디까지 이야기가 진척됐지요?"

"다섯 명만 우리의 교섭안을 받아들였어요."

여자가 체념한 어조로 대답했다.

잠시 침묵이 흘렀다.

"숫자로 보면 완전히 실패죠."

여자가 덧붙여 말했다.

스모그가 지적했다.

"우리가 땅 위에서만 일하기 때문이에요. 일을 진척시키려면 하수도 안으로 들어가야 할 겁니다. 지하세계 아이들 다섯 명을 데리고 기적을 바랄 수는 없어요. 베라 당신도 알겠지만요."

"맞아요. 하지만 나는 하수도에 들어가는 것에는 찬성하지 않아요. 지난주에 지하세계 아이 스물다섯 명이 지뢰 제거 작업에 보내졌어요. 그중 열 명이 죽었죠. 9번 공사장에서 2차세계대전 때의 폭탄이 발견되었거든요."

"9번 공사장이라면 누알에 있죠?"

"맞아요. 계단식 원형 극장이 있던 곳이죠."

"땅 위로 올라온 지하세계 아이들을 강제로 지뢰 제거반에 보냈나요?"

"강요하지는 않았어요. 하지만 그 아이들은 열여섯 살이 되면 탈선하는 경우가 많아요. 그 아이들에게 설명했어요. 너희는 기숙학교를 떠날 수도 있고, 원한다면 직업을 가질 수도 있다고요. 직원을 찾는 회사들의 명단을 그 아이들에게 보여주기도 했죠. 문제는 그 일자리들이 아무도 원하지 않는 일자리라는 거예요. 하지만 공식적으로는 그 아이들에게 선택의 여지를 준 거죠."

"선택이라! 그 아이들이 어떻게 제대로 된 선택을 할 수 있겠습니까? 그 아이들은 하수도 말고 다른 것은 아무것도 모르는데요."

"우리는 그 아이들의 양심을 북돋워줄 뿐이에요."

"그 일자리 목록에는 온갖 위험한 일들이 올라 있겠군요. 내 상상이 너무 지나친가요? 베라, 당신도 알겠지만, 우리가 지하세계 아이들 다섯 명을 설득한 것은 다시 말해 그 아이들이 위험한 일을 하지 않아도 되게 만들어준 겁니다."

"그렇죠."

여자가 동의했다.

"평소 모이던 곳에서 5월 30일에 다시 만납시다. 26일에 농장에서 중요한 모임이 있어요. 아마도 그때 중요한 결정들이 이뤄질 겁니다."

스모그가 말했다.

"다음 주 주간 만남에는 피탕리가 올 거예요."

여자가 말했다.

"알았어요."

스모그는 처방전을 쓴 뒤, 여자가 내민 사회보장 카드를 받아 컴퓨터에 입력했다. 그런 다음 사회보장 카드를 여자에게 돌려주고 여자가 가져온 종이를 받았다. 스모그는 자리에서 일어나 그 종이를 서류함 안에 넣었다.

"지난밤 나는 열여덟 살 난 산모가 출산하는 것을 도왔어요."

"사회보장이 없……."

스모그는 고갯짓으로 여자에게 신호를 보내고는 입술을 씹었다. 짧은 침묵이 지나갔다.

"엄마와 아기 모두 괜찮아요."

스모그가 덧붙였다.

"내가 가장 두려워하는 것이 출산이에요. 집에서 출산하는 경우, 일이 잘못되면 병원에서처럼 치료를 할 수가 없어요! 그래서 장비를 더 철저히 챙겨 갔습니다."

"이 비참한 상황이 사람들을 더욱 결집시키면 좋으련만!"

여자가 중얼거렸다.

스모그는 여자를 배웅하며 말했다.

"부르날 양, 여드레 동안은 꼼짝 말고 지내세요. 어쩔 수 없이 움직여야 할 땐 종종걸음을 하고요. 모쪼록 건강을 잘 돌보십시오."

스모그는 현관문을 닫은 뒤 콧노래를 흥얼거리며 대기실로 돌아가 즐거운 목소리로 말했다.

"다음은 어느 분 차례죠?"

9

이번에는 처음 보는 여자 환자였다. 여자는 주저하며 진료실로 스모그를 따라왔다. 스모그가 의자에 앉으라고 권했지만 여자는 앉지 않았다.

"무슨 일로 오셨습니까?"

스모그가 물었다.

"저는…… 음…… 그러니까 선생님……."

"네, 듣고 있습니다."

스모그는 젊은 여자가 하려는 말이 무엇인지 눈치챘지만 먼저 말하지 않고 여자의 기운을 북돋워주었다.

"저는…… 저는 지난달에 직장에서 해고됐어요. 제 남편은 이 년째 실직 상태고요. 일 년 반 전부터 생활 보조금도 받지 못하는 상황이에요."

"그리고 보름 전에는 사회보장 자격을 박탈당하셨겠죠."

스모그가 여자의 말을 대신 끝맺었다.

여자는 고개를 끄덕여 스모그의 말에 수긍했다.

"이제 우리는 아무런 권리가 없어요. 의지할 것은 제 실직 수당 뿐이죠."

"그나마 두 달 치만 받을 수 있지 않습니까."

"그래요, 쥐꼬리만 한 액수죠. 이웃집 여자도 그렇게 말하더군요."

여자가 맞장구쳤다.

스모그는 새 진료 카드를 꺼내며 여자의 말을 잘랐다.

"맞는 말입니다. 앉으세요. 그리고 어디가 불편한지 말씀해보세요."

"일주일 전부터 가슴에 통증이 있어요."

"살펴보도록 하지요. 우선 진료 카드를 작성하겠습니다. 이름과 생년월일, 주소를 말씀해주세요."

여자가 인적 사항을 하나씩 말하는 동안 스모그는 그것들을 진료 카드에 옮겨 적었다. 그런 다음 여자를 진찰했다.

"아무 문제 없습니다. 그저 불안증이에요. 당신이 처한 상황을 보건대 놀랄 일도 아닌 것 같군요. 혹시 자녀가 있으십니까?"

스모그가 책상으로 돌아오면서 물었다.

"둘 있어요."

"몇 살이죠?"

"큰아이는 여섯 살, 작은아이는 세 살이에요."

"아이들은 잘 지냅니까?"

"네."

스모그는 진료 카드에 여자가 한 대답들을 기록했다.

"아이들은 지금까지 규칙적으로 진료를 받았나요?"

"네."

"앞으로는 제가 해드리겠습니다. 아이들을 저에게 데려오세요."

"하지만 선생님, 당국과 문제가 생기는 게 두렵지 않으세요?"

여자가 걱정했다.

"문제요! 당국이 어떻게 저를 비난할 수 있겠습니까? 저는 불법적인 일을 하지 않습니다! 의사로서 저는 이웃을 치료하라는 히포크라테스 선서를 지켜야 합니다. 저를 찾아온 환자들 중 돈을 낼 수 없는 환자가 있다 해도, 그 환자를 치료할 의무가 있어요. 그것이 바로 제가 할 일입니다!"

스모그가 밝은 어조로 대답했다.

"하지만 그러면 생활은 무엇으로 하세요?"

"제 걱정은 마세요. 사회보장에 가입된 환자들 덕분에 생활은 해나갈 수 있으니까요."

스모그는 자리에서 일어나 나무로 된 낡은 서랍장에서 약초들을 골라내 종이봉투에 채워 넣었다. 마치 도서관처럼 두 개의 벽면 전체에 서랍장들이 들어차 있었다.

스모그가 여자에게 봉투를 내밀면서 말했다.

"탕약이에요. 매일 밤 잠자기 전에 드세요. 뜨거운 물에 오 분 동안 우려낸 다음 드시면 됩니다. 이 탕약이 도움이 될 거예요. 적어도 나흘은 드셔야 효과가 있을 겁니다. 탕약을 마셔도 진정되지 않으면 열흘 뒤에 다시 오세요. 할 수 있으면 한의사에게도 도움을 청하시고요."

"침술 말인가요?"

"그래요."

"그런데 선생님, 선생님도 아시다시피, 저는 정말로 드릴 것이 아무것도 없어요."

"저도 압니다, 아덴 부인. 그러니 너무 염려하지 마세요."

"그래도 어떻게……."

스모그가 부드럽게 여자의 말을 잘랐다.

"평소처럼 망설이지 말고 진찰받으러 오세요. 당신에게 일어난 일을 그저 받아들이지 말고 다른 사람들과 굳은 결속 관계를 맺으세요. 할 수 있다면 제가 하는 것처럼 물물교환을 하세요. 다른 사람에게 도움을 받은 대가로 당신도 도움을 주세요. 그리고 폭동의 순간이 오면 저항하세요!"

여자가 고개를 들어 스모그를 쳐다보았다. 여자의 얼굴에는 놀라움과 호기심이 드러나 있었다. 이 의사 선생이 지금 농담을 하는 건가?

"진지하게 말하는 겁니다."

스모그가 말했다.

희미한 미소가 여자의 얼굴을 스치고 지나갔다. 포기와 의심을 드러내는 미소였다.

"현재 사람들이 겪고 있는 궁핍은 지금껏 도달해본 적이 없는 위험수위를 넘었어요. 3500만 명이 실직 상태이고, 2000만 명이 극도의 불안정 상태에 빠져 있죠……. 수백만 명이 위태로운 상황이고요. 이 사람들이 모두 뭉친다면 상황을 조금이나마 변화시킬 수 있지 않겠습니까?"

아덴 부인이 고개를 끄덕이고는 대답했다.

"생각해볼게요."

"혹시 당신에게 일자리를 구해줄 수 있는지 생활환경 조사원인 제 친구에게 이야기해보겠습니다. 무슨 일이 일어나도 용기를 잃지 마십시오. 그리고 계속 일을 찾아보세요. 당부드리는데, 집을 버리고 떠나지는 마세요. 필요하다면 불법 점거라도 하십시오."

스모그는 가난의 악순환을 잘 알고 있었다. 여러 달 동안 불확실하고 불안정한 상황이 계속되면, 사람들은 집세를 낼 수 없어서 집을 버리고 떠나게 된다. 그다음에는 길거리 생활이 시작된다. 어른들은 그런 생활을 오래 견디지 못하고, 아이들은 하수도 안으로 들어간다. 2015년 말경 정부가 사회 문제들을 전반적으로 조사했고, 하수도에서 사는 주민들의 유형을 파악하는 데 성공했다.

그들은 열한 살에서 스물한 살 사이의 청소년들로, 거의 야생 상태로 살고 있었다. 아주 어린 아이들은 하수도에 도착하자마자 제거되고, 강한 아이들만 살아남았다. 스물한 살이 넘어서까지 살아남은 아이들은 폭력 조직에 들어갔다.

스모그는 현관까지 아덴 부인을 배웅했다.

"생각해볼게요."

아덴 부인이 현관문 앞에서 스모그와 악수하며 되풀이해 말했다.

"고맙습니다."

스모그가 대답했다.

스모그는 아덴 부인이 멀어져가는 모습을 바라보며 피로감을 느꼈다. 나는 왜 주변 사람들의 궁핍함에 이토록 민감하게 반응할까? 왜 사람들의 비참함에 이토록 예민할까?

스모그가 의학을 공부하고 싶다고 말했을 때 어머니는 스모그에게 이렇게 말했다.

"그건 네가 할 일이 아니잖니. 네가 가야 할 길은 성직자의 길이야."

그때 스모그의 나이는 겨우 열다섯 살이었다. 너무나 오래전의 이야기다.

10

이리엘은 커튼과 현창 사이로 들어온 햇빛 때문에 잠에서 깨어
났다. 모이자는 조그만 두 주먹을 꼭 쥔 채 이리엘 옆에서 곤히 자
고 있었다. 조드는 옆에 없었다. 조용히 일어나 조드를 찾아봤지
만 보이지 않았다. 이리엘은 옷을 입고 트랩 쪽으로 나갔다. 조드
가 트랩의 맨 첫 단에 앉아 있었다.

이리엘이 물었다.

"무슨 일이야? 아무 소리도 나지 않고 아무도 없는데."

"저기서 무슨 일이 생긴 것 같아."

조드가 공사장 입구를 가리키며 대답했다.

이리엘은 모자챙을 한 손으로 잡고 멀리 철책 앞에 빽빽이 모
여 있는 사람들을 살펴보았다.

"내가 생각한 대로네. 저 사람들 파업을 시작한 거야."

이리엘이 중얼거렸다.

"파업?"

조드가 되물었다.

"일을 하지 않는 거야. 작정을 하고 말이야."

"자기들 마음대로 일을 안 한다고?"

조드가 놀라며 다시 물었다.

"그래. 다른 말로 하면 일을 거부하는 거지."

"왜?"

"이유야 여러 가지가 있을 수 있지."

"나한테 말해줘."

"공사 현장이 더 안전해지기를 바라거나, 보수를 더 많이 받기를 바라거나, 아니면 휴일을 더 많이 주기를 바라는 거지. 내가 모르는 다른 이유들이 있을 수도 있어. 아니면 이 모든 이유들이 다 해당될 수도 있고."

"누나네 아빠 엄마가 말해주신 거야?"

"응."

부자 구역에서 일어나는 신기한 일들이 잘 이해되지 않을 때면, 조드는 이리엘의 부모님이 해주었다는 말들에서 그 설명을 얻곤 했다. 조드는 이리엘에게 부모님이 있었나는 사실을 매우 좋아했다. 부모님이 이리엘에게 많은 것을 가르쳐주었다는 사실도 매우 좋아했다. 그 사실이 조드를 안심시켰다. 이리엘은 자기가 부모님에게 배운 것들을 모두 조드에게 전해주었다. 그리고 언젠가 너도 부자 구역에서 살 수 있을 거라고 말했다. 조드는 그때를 기다리면서 이리엘이 해주는 이야기들과 땅 위로 외출할 때 얻는 정보들을 바탕으로 그곳에 대해 배우고 있었다. 이리엘은 그곳이 우리나라의 수도라고 조드에게 설명해주었다.

"파업이 우리에게 위험해?"

"아니, 오히려 그 반대야. 파업이 오래 계속되고 공사장이 폐쇄되면, 우리는 저 사람들이 일을 할 때보다 더 안심하고 여기에서 지낼 수 있어."

이리엘이 오른팔로 조드의 어깨를 감싸며 설명했다.

이리엘은 외할머니가 불러주시던 노래를 콧노래로 흥얼거리며 조드의 몸을 부드럽게 흔들어주었다. 어렸을 때 이리엘은 여름이 되면 외할머니 집에 가서 지내곤 했다.

잠시 후 조드가 말했다.

"나 배고파."

"알았어! 모이자가 깨기 전에 아침을 먹자."

이리엘이 말했다.

이리엘은 주방에 가서 사발 두 개에 우유를 따르고 마른 과자가 가득 든 종이봉투를 집어 들었다. 두 아이는 노란 거실로 가서 의자 하나씩을 차지하고 앉았다.

"누나 어렸을 때 이야기 좀 해줘."

조드가 과자를 우유에 적시며 부탁했다.

"네가 이미 알고 있는 이야기, 아니면 새로운 이야기?"

"누나가 한 번도 해주지 않은 새로운 이야기. 하지만 슬픈 이야기는 싫어."

이리엘은 잠깐 생각해보았다.

"그래. 너에게 한 번도 말하지 않은 이야기가 하나 있어."

이리엘이 말했다.

"그게 뭔데?"

조드가 평소처럼 몹시 궁금해하며 물었다.

"바다 이야기야! 해마다 여름이면 나는 바닷가에 사시는 할아버지 할머니 댁에 갔어……. 거기서는 해 지는 모습이 얼마나 아름다웠는지 몰라."

조드는 의자에 몸을 파묻은 채 우유를 홀짝홀짝 마시며 이리엘의 이야기를 빨아들일 듯이 들었다. 모래사장으로 밀려오는 하얀 거품이 이는 파도와 수평선 밑으로 천천히 사라져 가는 동그랗고 붉은 불덩이 같은 해의 모습을 상상해보려고 애썼다. 조드가 본 해는 비행기 뒤로 지는 해뿐이었다……. 이리엘이 이야기를 마치자, 조드는 의자에서 일어나 나지막한 탁자 위에 사발을 내려놓고는 책들이 있는 거실 구석으로 향했다.

"그 모습이 정말 보고 싶어! 혹시 여기에 바다에 대한 책도 있어?"

조드가 물었다.

이리엘이 조드에게 다가갔고, 두 아이는 거실의 두꺼운 양탄자 위에 줄지어 세워놓은 백과사전과 다큐멘터리 책들에서 바다 사진을 찾기 시작했다. 두 아이의 작업이 꽤 많이 진전되었을 때, 이리엘의 방에서 화난 고양이가 야옹거리는 소리가 들려왔다. 조드가 먼저 일어나 이리엘의 손을 잡아끌며 말했다.

"모이자가 배고픈가 봐."

11

파업은 삼 주 동안 계속되었다. 처음 며칠 동안 인부들은 공사장 입구의 철책 앞에 모여 있었다. 시간이 좀 흐르자 조직을 만드는 듯했다. 파업을 끝내고 다시 일하기를 원하는 사람들이 공사장에 들어가는 것을 막기 위해 열 명 남짓한 사람들로 이루어진 그룹 여럿이 교대해가며 공사장 입구를 지켰다.

이리엘은 갓난아이 모이자의 리듬에 맞춰 생활했다. 빵집에서는 조금만 일하고, 일해서 번 돈으로 모이자가 쓸 기저귀를 샀다. 어느 날 밤에는 슈퍼마켓의 창고에서 기저귀를 훔치는 데 성공했다. 붙잡힐지 모른다는 생각이 들자 두 아이는 견딜 수 없었다. 이리엘은 그런 모험을 되풀이하지 않기 위해 기저귀를 많이 비축해두었다. 우유는 계속 농장에서 훔쳐 왔다.

넷째 주 월요일 아침 일찍 요란한 소리가 공사장 전체에 울려 퍼졌다. 이리엘은 파업이 끝난 거라고 생각했다. 모이자가 기운을 차리는 대로 이곳을 떠나는 편이 좋을 것 같았다. 이리엘과 조드는 비행기 안에 하루 종일 틀어박혀 떠날 준비를 했다. 한 시간 넘게 걸어가야 하는 하수도 안이나 땅 위의 평일 은신처로 가야 했다. 갓난아이 모이자를 데리고 매일 이런 위험 속에서 살아야 하나……. 끝없는 떠돌이 생활의 무게가 이리엘을 짓눌렀다. 그러나 이리엘은 눈물을 삼키고 그런 염려를 조드에게 내비치지 않았다.

떠나기 전, 이리엘은 조드를 자기 맞은편에 앉히고 말했다.

"내가 말한 주의 사항들 잊지 않았지?"

"응."

조드가 힘 있게 대답했다.

"내가 말한 주의 사항이 모두 몇 가지이고 그 내용은 뭐지?"

"누나가 말한 주의 사항은 모두 세 가지야. 이동할 때, 하수도에서 부랑아들을 만났을 때, 땅 위에서 경찰이나 부자 구역 어른들을 만났을 때."

"잘했어. 우선 이동할 때의 주의 사항부터 말해봐."

조드가 말하기 시작했다.

"첫째, 하수도에서는 아무 소리도 내지 말고 조용히 할 것. 이야기를 해도 안 되고 다른 소리를 내도 안 돼. 그 어떤 이유로도 말이야. 만일 문제가 생기면 누나의 손을 꼭 잡고 몸짓으로 모든 것을 설명해야 해."

조드는 주저하지 않고 각각의 주의 사항들을 줄줄 외웠다.

"아주 잘했어."

이리엘이 조드를 칭찬했다.

"한 번 더 말하는데, 이 주의 사항들을 반드시 지켜야 해. 설령 다른 생각이 떠올라도, 도중에 나와 헤어져도……. 만일 우리가 도중에 헤어지게 되면 어디에 가 있어야 하지?"

"여기, 이 비행기 안."

조드가 대답했다.

"맞아, 바로 그거야. 자, 이제 가자."

이리엘이 말했다.

두 아이는 어둠이 내리자마자 길을 떠났다. 조드는 등에 조그만 배낭을 멨다. 배낭 안에는 옷가지와 침구가 들어 있었다. 이리엘도 배낭을 멨다. 배낭 안에 물병, 통조림, 그리고 전날 슈퍼마켓에서 산, 모유에 가깝게 가공한 큼직한 우유 한 상자를 넣었다. 이리엘은 비행기의 붙박이장에서 꺼낸 침대 시트로 해먹 비슷한 것을 만들어 모이자를 누인 뒤 자기 가슴 쪽에 단단히 매달았다.

"계속 여기서 지낼 수 있다면 참 좋을 텐데."

조드가 비행기 트랩을 내려오며 아쉬워했다.

조드의 손을 잡은 이리엘은 조드의 손에서 긴장감을 느꼈다. 조드는 하수도 안을 이동할 때 지켜야 할 주의 사항들을 머릿속에 떠올리며 긴장하고 있었다. 이리엘은 한숨을 쉬었다.

정수장 쪽으로 다가가자 불안감이 이리엘의 가슴을 더욱 짓눌렀다. 모이자는 이리엘의 규칙적인 걸음걸이와 몸의 온기에 마음이 편안한지 곤히 잠들어 있었다.

밤은 따뜻하고 달도 없었다. 구름 한 점 없는 하늘에는 수많은 별들이 떠 있었다. 어디선가 타닥타닥하는 소리가 났다. 하지만 이리엘도 조드도 그것을 알아채지 못했다.

터널 입구에 도착하자, 이리엘은 위험을 무릅쓰고 터널 안쪽에 귀를 기울였다. 의심스러운 소리는 들리지 않았다. 이리엘은 얼굴을 찌푸리는 조드의 손을 잡아당겼다. 그리고 수로 옆을 다시 걷기 시작했다.

코를 찌르는 역한 냄새가 두 아이의 배 속을 뒤집었다. 모이자가 그 냄새를 쫓아내려는 듯 잠이 든 채로 잔기침을 했다. 이리엘과 조드는 정수장의 가로등 불빛을 식별할 수 없을 때까지 걸어가야 했다. 이윽고 두 아이는 뒤쪽을 돌아보았다. 이제는 구역질 나는 지독한 냄새가 느껴지지 않았다.

마침내 두 아이는 도시 밑에 다다랐다. 터널 교차 지점의 표지판에 적힌 거리 이름들 덕분에 그것을 알 수 있었다.

절반쯤 갔을 때 모이자가 칭얼거렸다. 이리엘은 걸음을 멈추고 모이자를 쓰다듬은 뒤 해먹을 위아래로 천천히 흔들어 얼러주었다. 새끼손가락 끝을 모이자의 입안에 살짝 넣어본 뒤 다시 걸음을 옮겼다.

얼마 지나지 않아 두 아이는 은신처가 나오기 전 마지막 분기점에 도착했다. 바로 위쪽의 가로등 불빛이 하수도 입구를 통해 스며들었다.

갑자기 부랑아들이 큰 소리로 고함을 지르며 두 아이 위로 떨어지더니 두 아이를 둘러쌌다. 이리엘은 조드의 손을 놓았고, 조드는 울부짖으며 수로 안으로 뛰어들었다. 부랑아들이 그 모습을 보고는 와 하고 웃었다.

"물에 빠졌어!"

누군가가 재미있다는 듯 내뱉었다.

한 남자아이가 이리엘에게 다가왔다. 남자아이는 다름 아닌 옌틀란이었다. 옌틀란이 빈정거리며 물었다.

"너 앞쪽에 뭘 매달고 있는 거야? 그것 때문에 네 찌찌가 안 보이잖아."

이리엘의 몸이 굳었다. 처음으로 부랑아들을 맞닥뜨리고 보니 머릿속이 하얘지는 느낌이었다. 울부짖는 어머니의 얼굴이 눈앞에 보였다. 공포에 질린 아버지의 얼굴도 보였다. 아버지가 절망에 찬 목소리로 도망가라고 울부짖었다. 그러나 이리엘의 다리는 바닥에 달라붙은 듯 꼼짝도 하지 않았다.

옌틀란이 이리엘에게서 해먹을 낚아채더니 모이자를 꺼내 팔을 붙잡고 흔들었다. 모이자가 비명을 지르고 울부짖었다. 이리엘은 옌틀란에게 달려들었다. 그러나 거친 손 하나가 이리엘의 허리를 붙잡았고, 다른 손이 이리엘의 입을 틀어막았다.

"난 네가 마음에 들어!"

옌틀란이 짖어대듯 말했다.

옌틀란은 거친 몸짓으로 모이자를 수로에 던져버렸다.

"하나 더 물에 빠졌군!"

옌틀란이 외쳤다. 그러자 다른 부랑아들이 짧고 기세 좋게 승리의 함성을 외쳐댔다.

부랑아들이 빠른 걸음으로 다가들었다. 옌틀란이 이리엘에게 바짝 다가왔다. 이리엘은 여전히 허리가 붙잡혀 있었고, 입은 틀어막혀 있었다. 옌틀란은 이리엘의 머리를 손으로 쓰다듬고 가슴을 더듬었다.

"쓸 만하군! 이제 넌 내 거야. 곧 모두에게 그 사실을 보여주겠어. 안 그래, 친구들?"

옌틀란이 히죽히죽 웃으며 말했다.

바로 그때, 누군가가 고함을 쳤다.

"경찰이다!"

거의 동시에 이리엘은 부랑아들에게서 풀려났고, 부랑아들은 순식간에 자취를 감춰버렸다. 이윽고 억센 손 하나가 이리엘의 손을 낚아채더니 이리엘이 온 방향으로 끌고 갔다.

"뛰어!"

억센 손의 주인이 말했다. 목소리를 들으니 남자아이였다.

공포에 질리고 슬픔 때문에 제정신을 잃은 이리엘은 남자아이가 시키는 대로 따랐다. 하지만 몇 초 뒤, 이리엘은 정신을 차리고 걸음을 멈추었다.

"지금은 뛰어가야 해. 무서워하지 말고 정신 차려."

남자아이가 말했다.

"내 아이들은 어떻게 됐어?"

이리엘이 남자아이의 말을 자르고 물었다.

"물에 빠져 죽었겠지."

남자아이가 대답했다.

"아니야! 그 아이들을 찾아야 해. 경찰 따위는 저리 가라고 해."

"경찰은 없어. 내가 그냥 그렇게 소리친 거야. 그래야 저 녀석들을 쫓아버릴 수 있으니까. 하지만 조심해야 돼. 옌틀란과 부랑아들이 다시 돌아올지도 몰라."

이리엘의 눈에는 남자아이의 형체만 간신히 보일 뿐이었다. 얼굴까지 식별하기엔 주변이 너무 어두웠다. 하지만 남자아이의 목소리에서 부끄러움과 두려움 그리고 호의를 감지할 수 있었다.

"경찰이 왔다고 믿는다면 곧바로 돌아오지는 않겠지."

이리엘이 아까 그곳으로 다시 걸어가며 말했다.

남자아이기 이리엘을 두 팔로 감싸 멈춰 세우려고 했다. 하지만 이리엘은 계속 앞으로 나아갔다. 남자아이가 잠시 머뭇거렸다. 하지만 이내 마음을 바꿔 이리엘을 붙들어 안았다. 이리엘은 몸을 돌린 뒤 남자아이를 밀어내려고 남자아이의 가슴에 두 손을 가져다 댔다. 남자아이의 몸에서 지독한 냄새가 났다. 이리엘은 남자아이에게서 벗어나려고 몸부림쳤다. 하지만 남자아이가 더 세게 이리엘을 끌어안는 바람에 뒷걸음을 칠 수밖에 없었다. 남자아이가 힘이 더 셌다. 이리엘은 계속 몸부림을 쳤다. 남자아이는 힘이 드는지 숨을 헐떡거렸지만 이리엘을 붙잡은 손을 놓지 않았다. 남자아이의 냄새나는 몸이 이리엘의 몸에 여전히 들러붙어 있었다. 이리엘은 굴복하지 않았다. 이제는 남자아이에게서 벗어나려고 몸부림치는 대신 남자아이의 허리를 두 팔로 감싸고 밀기 시작했다. 남자아이가 이리엘이 미는 방향으로 밀리기 시작했다. 조드와 모이자를 되찾아야 한다는 절박한 마음 때문에 이리엘의 힘은 한껏 세졌다. 주변에는 경찰도 부랑아들도 없었다. 수로에 내려가기만 하면 아이들을 찾을 수 있을 터였다.

"제발 부탁이야. 네 목숨부터 지켜. 원한다면 내가 도와줄게. 그 아이들은 찾을 수 없을 거야. 벌써 물속에 가라앉았을 거라고."

남자아이가 애원했다.

"아니야, 그 애들은 살아 있어. 난 알아."

이리엘이 단호한 목소리로 말했다.

"살아 있다고? 네가 그걸 어떻게 알아?"

남자아이가 물었다.

갑자기 엄청난 피로감이 이리엘을 덮쳤다.

"조드는 헤엄을 칠 줄 알아. 그러니까 적어도……."

이리엘은 이렇게 말한 뒤 남자아이의 허리를 붙잡았던 손을 놓아버렸다. 하지만 남자아이는 여전히 이리엘을 꽉 붙잡고 있었다. 이제 남자아이는 이리엘을 밀지 않았고, 이리엘 역시 남자아이에게서 도망치려고 하지 않았다.

"헤엄을 칠 줄 안다고?"

남자아이가 의심스러워하며 물었다.

"그래, 내가 가르쳐줬어."

"그럼 너도 헤엄칠 줄 알아?"

"응."

"그렇다면 서둘러!"

남자아이가 힘주어 말하고는 이리엘을 끌고 갔다.

수로가 두 갈래로 갈라지는 곳에서 이리엘은 물속으로 들어갔다.

"조드, 나야, 이리엘. 대답 좀 해봐."

이리엘이 속삭였다.

아무 대답도 없었다. 그러나 잠시 후 조드의 손이 이리엘의 배를 가만히 두드렸고, 온기가 느껴지는 조그맣고 부드러운 몸이 이리엘의 가슴을 눌렀다. 모이자였다. 이리엘은 두 팔로 모이자를 끌어안았다.

"애들을 찾았어. 우리가 물 위로 올라가도록 좀 도와줘."

이리엘이 남자아이에게 말했다.

"누나, 저 형을 믿어?"

조드가 이리엘만 들을 수 있는 작은 목소리로 걱정스레 물었다.

"그래, 믿어. 어쨌든 지금은 선택의 여지가 없어."

이리엘이 대답했다.

이리엘은 모이자의 얼굴 위로 자기 얼굴을 숙였다. 그리고 입술을 모이자의 콧구멍에 가까이 댔다. 모이자의 숨결이 느껴졌다.

"빨리!"

이리엘이 간청했다.

남자아이는 이리엘과 조드가 물가로 올라오도록 손을 잡아주었다.

"이제 도망가자. 나를 따라와."

남자아이가 말했다.

"아니야. 네가 우리를 따라와. 내가 안전한 장소를 알아."

이리엘이 말했다.

"어디인데?"

"하수도 밖이야."

"하수도 밖?"

"그래."

"그럼 따라갈게."

"날이 밝기 전에 도착해야 해."

이리엘이 단호한 어조로 덧붙였다.

12

아이들은 정수장까지 조용히 걸어갔다. 남자아이는 따라오는 사람이 없는지 확인하기 위해 쉴 새 없이 뒤를 돌아보았다. 이리엘은 걸어가면서 배낭에서 물병을 꺼내 되는 대로 모이자의 얼굴을 닦아주었다. 그런 다음 물병에 남은 물을 조드의 몸에 부었다. 두 아이가 수로의 더러운 물속에 있었다는 생각을 하니 견딜 수가 없었다. 모이자는 잠이 든 것 같았다. 모이자가 조용하니 오히려 더 걱정되었다. 모이자는 갑자기 물속에 던져져 충격을 받았을 것이다. 상냥하게 말을 건네 모이자의 기운을 북돋워주고 싶었다. 그러나 아직은 위험했다. 작은 소리라도 내지 않는 편이 좋았다.

터널 끄트머리에 도착하자, 이리엘이 남자아이를 돌아보았다. 아까 몸싸움을 하는 동안 이 순간을 예감했던 것처럼. 남자아이는 이리엘과 나이가 비슷해 보였다. 누더기 옷을 입고 있었고, 얼굴과 손이 군데군데 지저분했다.

"고마워. 또 봐."

이리엘이 딱딱한 말투로 남자아이에게 말했다. 그러자 남자아이가 대답했다.

"난 이제 하수도로 돌아갈 수 없어. 옌틀란이 날 죽일 거야."

"옌틀란이 누군데?"

"우리 패거리의 대장이야."

"그럼 들판에서 숨을 곳을 찾아봐."

이리엘이 천천히 멀어져가며 조언했다.

놀란은 이리엘과 함께 가고 싶었다. 이리엘이 다른 지하세계 아이들과 다르다는 것을 뚜렷이 느꼈기 때문이다. 이리엘은 어린 두 아이와 함께 살고 있었다. 또한 위험을 무릅쓰고 들판에 가는 것을 두려워하지 않았다. 그것은 평범한 일이 아니었다. 놀란은 자신이 옌틀란의 패거리 속에서 지내면서 무엇인지도 모른 채 줄곧 찾고 있던 어떤 것을 이리엘이 가지고 있음을 직감했다. 이리엘과 함께 가고 싶었다. 하지만 뭐라고 말해야 할지 알 수 없었다. 어떻게 하면 이 여자아이가 나를 믿게 만들 수 있을까? 부랑아들은 자기 가족을 해치는 것도 마다하지 않았다. 내가 그렇지 않다는 것을 이 여자아이가 어떻게 믿을 수 있을까. 혹시 내가 자기를 이용하기 위해 구해줬다고 생각하는 것은 아닐까?

"잠깐만!"

놀란이 낮은 목소리로 말했다.

"또 뭔데?"

이리엘이 물었다.

놀란은 마음을 정하고 대답했다.

"나도 너희들과 함께 가고 싶어."

"네가 우리랑 함께 갈 이유가 없잖아."

"있어!"

놀란이 얼른 대꾸했다. 하지만 어조는 전혀 공격적이지 않았다.

"그래?"

"나는 기억도 못할 만큼 어릴 때 하수도에 갔기 때문에 어쩔 수 없이 부랑아들과 함께 살았어. 하지만 그렇게 사는 게 싫고 무서워. 그 아이들도 싫어. 나는 다르게 살고 싶어."

놀란은 꼼짝 않고 가만히 있었다. 이 아이들을, 여자아이와 어린 남자아이를 두렵게 하지 않으려면 어떻게 해야 하는지 알 수 없었다.

"나를 믿어줘. 나는 그 아이들과 달라. 만일 내가 그 아이들 같았다면 너를 구해주지도 않았을 거야."

놀란이 말했다.

이리엘이 걸음을 멈추었다.

"지금 돌아가면 나는 죽을 거야. 내 말을 믿어줘……."

놀란이 애원했다.

놀란의 검은 눈 속에 상냥함과 불안한 기색이 엿보였다. 이리 엘은 잠시 생각에 잠겼다. 놀란은 진지해 보였다. 놀란 덕분에 세 아이가 목숨을 건진 것도 사실이었다. 터널 안에서 놀란은 이리엘 이 조드와 모이자를 찾아내도록 도와주었다. 아무런 적의도 보이 지 않았고, 심지어 동정 어린 태도를 보여주었다. 이리엘은 놀란 의 부탁을 들어줘도 될 것 같다고 결론 내렸다.

"좋아, 우리랑 함께 가. 하지만 우리를 배신하면 널 죽여버릴 거야."

이리엘이 말했다.

"그래, 맞아."

조드가 끼어들어 맞장구쳤다.

"너희들에게 해를 끼칠 마음 같은 건 전혀 없어. 그런 마음이 있다면 왜 너희들을 구해줬겠어?"

놀란이 힘주어 말했다. 놀란은 부드럽고 진지한 태도로 이 말 을 했고, 이리엘은 그것을 충분히 느꼈다.

이리엘이 말했다.

"내 이름은 이리엘 로델이야. 얘들은 조드와 모이자 로델이고."

"나는 놀란이야."

놀란이 말했다.

"성은 없어?"

조드가 놀라며 물었다.

"성?"

"이름 중에 엄마와 아빠, 형제자매와 똑같은 것 말이야."

조드가 설명했다.

"음…… 잘 모르겠어. 나는…….."

"그건 나중에 이야기하자. 여기 이렇게 가만히 서 있으면 위험해."

이리엘이 다시 걷기 시작하며 두 아이의 대화를 중단시켰다.

아이들은 경비원의 눈에 띄지 않고 정수장을 가로질렀다. 사람의 흔적은 없었다. 하지만 안심이 되기는커녕 이상하게도 걱정스러웠다. 공기 중에 위험한 기운이 감돌기라도 하는 것처럼.

아이들이 공사장 철책의 구멍을 통과했을 때, 해는 아직 떠오르지 않은 상태였다. 하지만 희끄무레한 빛이 하늘을 뒤덮고 있었다. 이리엘은 모이자를 조드의 품에 안겨놓고 놀란에게 도와달라고 했다. 이리엘과 놀란은 큰 물통에 담긴 물의 절반을 함께 덜어냈다. 잠시 후, 이리엘은 조드와 모이자를 위해 비누와 수건, 깨끗한 옷을 가지고 왔다.

이리엘이 모이자를 다시 품에 안고 말했다.

"어서 씻어, 조드! 물이 아주 차갑지만, 그래도 몸 전체를 잘 씻어야 해. 아까 네가 빠진 수로의 물은 부패했거든."

"부패했다고?"

놀란이 되물었다.

"그래, 썩었다고. 그게 왜?"

"아니야, 무슨 말인지 알아들었어."

"아니, 너는 제대로 알아듣지 못했어. 썩은 물에 빠져서 병이 날까 봐 씻으라고 하는 거야."

이리엘이 말했다.

놀란은 아무 대꾸도 하지 않았다.

조드가 옷을 벗고 물통에 들어갔다. 물이 차가웠지만 조드는 불평하지 않았다.

"몸을 물에 잘 적시고 두 번씩 씻어. 머리도 감고."

이리엘이 말했다. 그러면서 모이자의 옷을 벗겼다.

"모이자도 씻어?"

조드가 물었다.

"내가 다른 물통에서 모이자를 씻길 거야. 인부들이 오기 전에 빨리 해야 돼. 모이자는 너무 어려서 울면 안 된다는 걸 모르니까."

이리엘은 쪼그리고 앉아 모이자를 뉘고 다리를 쭉 펴게 했다. 그리고 손으로 모이자의 몸 전체에 물을 적신 뒤 오랫동안 비누칠을 했다. 그런 다음 모이자의 몸을 물속에 조심스레 담갔다. 찬물이 몸에 닿자 모이자가 칭얼거렸다.

"곧 끝날 거야, 아가. 춥지만 씻어야 해. 수로의 물은 더러워서 몸에 나쁘거든."

이리엘이 말했다.

놀란은 단호하면서도 부드러운 이리엘의 몸짓에 매혹되어 한

마디도 하지 않고 지켜보았다. 지금껏 이런 모습은 한번도 본 적이 없었다. 갑자기 큰형 아틀란의 얼굴이 떠올랐다. 아틀란 형은 크게 내색하지는 않았지만 놀란을 사랑하고 보호해주었다. 그것이 아틀란이 놀란을 사랑한 방식이었다. 아틀란 형이 그리웠다. 아틀란이 얼마나 소중한 존재인지 새삼 느꼈다.

이리엘은 모이자의 몸을 충분히 헹군 뒤, 수건으로 닦고 문질러주었다. 그리고 모두를 비행기 안으로 데려갔다. 이리엘이 따라오라고 말하지는 않았지만 놀란도 따라갔다. 트랩 꼭대기에 다다랐을 때, 이리엘이 뒤를 홱 돌아보더니 놀란에게 말했다.

"너도 가서 씻고 와! 비누칠 꼼꼼히 하고. 네 몸에서 고약한 냄새가 나서 난 네가 쓰레기통에 빠졌다 나온 줄 알았어! 머리도 감아! 여러 번! 저기 비누가 있으니까."

놀란은 몸을 돌려 트랩을 다시 내려가 물통 쪽으로 다가갔다. 이리엘이 아기를 담갔던 물통을 골라 옷을 벗고 차가운 물속에 몸을 담갔다.

세 번 몸을 씻었을 때 뒤에서 이리엘의 발소리가 들렸다. 놀란은 깜짝 놀라 물통 속에 쭈그리고 앉았다.

"너 부끄러워하는구나!"

이리엘이 놀렸다.

"걱정 마. 수건과 옷을 가져다 주려고 온 것뿐이니까. 네 사이즈가 나랑 비슷한 것 같으니까, 내 바지와 티셔츠를 줄게. 속바지는 남는 게 한 벌도 없어. 어쨌든 네가 입던 것보다는 나을 거야. 저쪽 물통 가장자리에 전부 놓아둘게."

놀란은 이리엘이 비행기 안으로 들어갈 때까지 기다렸다가 물통에서 나와 몸을 닦고 옷을 입었다. 놀란이 비행기 안에 들어가 보니 이리엘과 두 아이 모두 침대 위에 있었다.

"기분이 한결 좋지 않니?"

이리엘이 물었다. 이리엘 역시 비행기 안의 욕실에서 몸을 씻고 옷을 갈아입은 뒤였다.

놀란이 몸을 씻고 나서 느낀 기분은 굳이 말하자면 '이상하다'고 하는 편이 알맞았다. 하지만 이리엘은 '한결 좋다'고 표현했다. 놀란은 이리엘에게 반기를 들고 싶지 않아서 이렇게 대답했다.

"그래, 한결 좋아."

놀란의 대답에 이리엘이 미소를 지었다. 놀란은 그것이 호의에서 나온 미소가 아니라 조롱하는 미소임을 깨달았다. 그래서 조금 괴로웠지만 내색하지 않으려고 조심했다. 놀란은 이리엘과 두 아이를 피해 비행기 내벽 쪽으로 물러났다. 이리엘은 이미 어린 두 아이 쪽으로 관심을 돌린 뒤였다.

모이자에게 먹일 우유를 젖병에 타면서 이리엘이 조드에게 말했다.

"너도 우유 마시고 싶니? 우유를 마시면 기분이 좋아질 거야. 너도 곧 알게 될걸."

조드는 자기 침대에 앉아 우유를 단숨에 마셨다. 그리고 곧 잠이 들었다.

이리엘이 모이자를 품에 안고 우유를 먹였다. 모이자는 오랫동안 고무젖꼭지를 입술 끝으로 빨며 놀았다. 우유를 먹지는 않고 고무젖꼭지 끄트머리를 빨다가 잇몸으로 오물오물 씹었다.

"먹어."

이리엘이 상냥하게 말했다.

그러자 모이자는 잔뜩 흥분해서 조그만 머리를 신경질적으로 움직이며 젖병 꼭지를 빨았다.

이리엘이 모이자의 이마를 쓰다듬으며 말했다.

"부랑아들의 대장이 너를 붙잡았어. 팔이랑 어깨가 많이 아팠지? 그리고 그 아이가 너를 물에 던졌어. 많이 무서웠지, 모이자? 다행히 조드가 너를 구해줬어……. 걱정 마. 우린 절대 거기에 다시 가지 않을 거야. 그 아이들이 다시는 너를 해치지 못할 거야. 내가 약속할게."

놀란은 깜짝 놀랐다. 이 여자아이는 미친 게 틀림없었다. 말도 못 알아듣는 아기에게 이야기를 하다니, 말이 되는가? 아기를 목욕시킬 때도 그랬다! 마치 아기가 말은 하지 못해도 다른 사람이 하는 말을 들을 수는 있는 것처럼! 그러나 놀란은 그런 자신의 생각을 드러내지 않았다. 이리엘에게서 권위 비슷한 것이 풍겨서 왠지 두려웠다. 그러나 놀란이 느낀 두려움은 공포와는 전혀 달랐다. 이리엘이 무서운 것은 아니었다. 그랬다. 놀란의 두려움은 놀라움에서 나왔다. 존재감, 몸짓, 말 등 이리엘의 모든 것이 놀라웠다. 이리엘이 만일 배신하면 죽여버리겠다고 위협했을 때도 그 말이 무리 없이 믿어졌다. 어린 두 아이를 보호하기 위해서라면 이리엘은 주저하지 않을 것이다. 하지만 말수가 적고 단호한 소녀 이리엘에게 악의는 전혀 없어 보였다.

게다가 놀란이 전혀 예상하지 못했던 일이 일어났다. 이리엘이 한 말들이 놀란의 혈관 속에서 고동치기 시작한 것이다. 놀란은 이리엘 목소리에 흔들흔들 몸을 맡겼고, 이리엘이 한 말들은 놀란의 마음속에 길을 냈다. 이리엘과 조드, 모이자 세 아이가 놀란에게 새롭고 다채로운 감정들을 유발했다. 지금껏 한 번도 느껴본 적 없는 평온함이 놀란을 부드럽게 감쌌다. 난폭한 부랑아들을 피해 혼자 떠나 있던 순간에도, 외딴 은신처에 얼마 동안 머무를 때도 그런 감정은 느껴보지 못했다.

현창을 통해 햇빛이 들어왔다. 빛줄기가 이리엘의 빨갛고 긴 머리칼을 비추었다. 갑자기 이리엘이 다른 세상에서 온 아이처럼 보였다.

놀란은 모이자를 바라보았다. 모이자는 고무젖꼭지를 오물거리던 것을 멈추고 눈을 크게 뜬 채 자기에게 숙인 이리엘의 얼굴을 골똘히 쳐다보고 있었다. 이 아기에게는 부드러운 목소리로 마치 쓰다듬듯이 이야기하는 빨간 머리 소녀 이리엘 외에 다른 것은 존재하지 않는 것 같았다.

모이자는 조금씩 안정되었다. 어렴풋한 미소가 모이자의 눈과 입을 스쳐 지나갔다. 모이자는 천천히 젖병을 빨기 시작하더니 게걸스럽게 젖병을 비웠다.

"잘했어, 아가야."

이리엘이 모이자를 어깨에 대고 꼭 안으며 칭찬했다.

그러자 놀랍게도 모이자가 큰 소리로 트림을 했다. 이리엘은 모이자를 안고 오랫동안 얼러준 뒤 침대에 뉘었다.

13

　잠든 모이자의 고요한 숨결이 손 밑에 느껴지자, 이리엘의 마음속에 공포의 물결이 천천히 넘실대며 올라왔다. 이윽고 억눌렀던 공포가 이리엘을 사로잡았다. 이리엘은 몸을 움츠리고 울음을 터뜨렸다. 눈물이 줄줄 흘렀다.

　몸 전체에 경련이 일었다. 공포, 분노, 증오, 격한 슬픔이 동시에 느껴졌다. 그동안 있었던 일들이 머릿속에 떠올라 서로 뒤섞였다. 부랑아 대장의 손에 대롱대롱 매달린 모이자, 물에 빠진 조드, 마구 발길질당하던 어머니, 이리엘의 가슴을 만지던 부랑아 대장의 손, 아버지의 고통스러운 얼굴, 두 아이를 구하기 위해 놀란과 옥신각신했던 일.

　놀란은 이리엘의 맞은편에 앉은 채 자기가 가장 잘할 수 있는 일을 했다. 바로 입 다물고 가만히 있는 것이었다. 이리엘의 슬픔이 놀란 자신의 경험과 감정들을 새롭게 일깨우면서 가슴을 두드렸다.

조금 전 이리엘이 모이자에게 한 말들도 놀란의 마음속에 묻혀 있던 상냥함과 잊고 있던 평온함을 일깨웠다. 그 감정들이 천천히 솟구쳐 올라왔다. 놀란은 그 감정들에 자신을 내맡기고 빠져들었다.

이리엘은 울었다. 이리엘이 느끼는 슬픔에는 이제 원인도 없었다. 이 슬픔이 결코 끝나지 않으리라는 것을 이리엘은 알고 있었다. 딸꾹질이 나오고 숨이 막혔다. 이리엘은 나이도 잊었다. 이리엘은 길 잃은 아이였다. 어찌할 바를 모르는 어른이었다. 외로운 소녀였다. 이리엘이 하염없이 울자, 놀란은 어쩔 줄을 몰랐다.

이리엘은 울다 지쳐 잠이 들었다. 놀란은 자리에서 일어나 침대 가장자리에 흩어진 이불을 집어 아직도 떨고 있는 이리엘의 몸에 덮어주었다. 그런 다음 이리엘, 모이자, 조드가 자고 있는 침대 발치에 누워 잠이 들었다.

새들의 노랫소리가 두터운 침묵을 뚫고 들어와 이리엘을 깨웠다. 모이자와 조드는 침대에 없었다. 놀란도 없었다! 이리엘은 깜짝 놀랐다.

이리엘의 놀람은 오래가지 않았다. 비행기 앞쪽에서 조드의 조그만 목소리가 들려온 것이다.

아이들은 주방에 있었다. 이리엘은 침대에서 일어나 조용히 그

쪽으로 다가갔다.

"그래서 지금은 이리엘 누나가 우리 둘의 엄마야……. 그런데 형은 젖병을 꽤 잘 다루네."

조드의 목소리였다.

"네가 어떻게 하는지 알려줬잖아."

놀란이 대답했다.

"그런데 형은 말을 좀 이상하게 하네. 형처럼 다 큰 사람이 그렇게 말하는 건 좀 이상한 것 같아."

"내가 어떻게 말하는데?"

"음…… 어쨌든 우리하고는 좀 달라."

이리엘은 열려 있는 주방 문 앞에서 걸음을 멈추었다.

"아무튼 형이 우리랑 함께 지낸다면, 우리의 아빠가 될 수도 있을 거야."

"너희들과 함께 지낼지 어쩔지 잘 모르겠어. 내가 해야 할 일이 뭔지도 모르겠고."

놀란이 털어놓았다.

"일단 아기를 어깨에 대고 꼭 안아야 해. 그러면 아기가 트림을 할 거야."

조드가 말했다.

이리엘은 살그머니 웃고는, 주방 안으로 들어가지 않고 조금 더 기다렸다.

"아기가 트림을 하면 그때 아기를 나에게 넘겨줘. 그러면 형도 아침을 먹을 수 있어."

"우유 말고 다른 건 없니?"

"있어. 저 위 벽장 안에 과자가 있어…… 아, 아기가 트림을 했어. 아기를 나에게 줘. 자, 모이자, 이리 와."

이리엘이 칸막이 벽을 몇 번 두드리고는 주방 안으로 들어서며 말했다.

"안녕."

놀란이 이리엘을 맞아들이며 말했다.

"더 자라고 깨우지 않았어. 어젯밤에 여러 가지 일이 있었고, 기운을 차려야 할 테니까."

"너는?"

"아, 나는 원래 잠을 잘 안 자. 항상 보초를 서 버릇해서."

"줄곧 하수도 안에서 살았어?"

"응, 그 부랑아들과 함께 계속 하수도 안에서 살았어."

'부랑아들'이라는 말을 듣자 이리엘은 얼굴을 찌푸렸다.

"나는 형들 때문에 부랑아들과 함께 살았어. 대장 옌틀란이 내 형이지. 하지만 나는 옌틀란 형과 달라."

놀란은 한숨을 내쉰 뒤 이어서 말했다.

"나는 그 아이들과 다시 합류한 지 얼마 되지 않았어……. 그 아이들은 은신처를 바꿨어. 조그만 울음소리를 들었거든."

"그건 모이자의 소리였어."

"그 아이들은 거기에 숨어 있었어."

"형도 그랬어?"

조드가 비난하듯 물었다.

"그 아이들을 따라 할 수밖에 없었어. 안 그러면 날 죽일지도 모르니까."

"대장의 동생인데도?"

조드가 깜짝 놀라 다시 물었다.

"형이 하는 일을 내가 말리면 형은 나를 죽일 거야. 옌틀란 형은 무서워하고 있어. 무서워서 무슨 짓이든 가리지 않고 하지."

"그러니까 우리에게 함정을 판 거야?"

이리엘이 물었다.

"그 아이들은 너희들을 기다리고 있다가 달려들어 둘러쌌어. 나는 조드가 물속에 뛰어드는 것을 봤고……."

"나는 헤엄칠 줄 알아. 이리엘 누나가 만일 부랑아들이 공격하면 수로에 뛰어들어야 한다고 말했어. 부랑아들을 만났을 때의 주의 사항이지. 나는 물가의 돌에 바싹 붙어 숨었어. 부랑아들의 소리가 계속 났고, 나는 왜 이리엘 누나도 물속에 뛰어들지 않는지 궁금했어. 그리고 있는데 모이자가 내 앞에 떨어져서 모이자를 붙잡았어."

조드가 말했다.

놀란이 이어서 설명했다

"나도 너무나 무서웠어. 옌틀란이 아기를 물속에 던졌을 땐 더 이상 가만히 있을 수 없었어. 그래서 바짝 다가갔고, 그 아이들이 이리엘 너에게 무슨 짓을 하려는지 알았지. 난 앞뒤 생각하지 않고 '경찰이다!'라고 외쳤어. 우리 패거리 사이엔 약속이 있어. 누군가 먼저 경찰을 보면 '경찰이다!'라고 외치고, 그다음엔 각자 알아서 도망치는 거지. 그런 다음엔 우리가 잠을 자는 은신처에서 다시 만나는 거야."

조드가 다시 입을 열었다.

"더 이상 소리가 나지 않았어. 그래서 경찰이 모두를 데려갔다고 생각했어. 물 위로 올라가고 싶었지만, 경찰이 한 명이라도 남아 있다가 내가 모이자를 물가에 내놓는 것을 볼까 봐 무서웠어. 더 기다려야 하는지 아닌지 알 수가 없었어. 이리엘 누나도 멀리 잡혀갔다고 생각했다니까."

조드의 설명에 이리엘은 조드도 큰 충격을 받았다는 것을 깨달았다. 이리엘이 조드를 품에 안고 쓰다듬어주며 말했다.

"넌 아주 훌륭하게 행동했어. 네가 모이자의 생명을 구했어."

조드는 이리엘의 품에 안긴 채 놀란을 향해 즐거운 눈길을 던지며 이리엘에게 물었다.

"놀란 형도 우리와 함께 지내는 거야?"

"그건 좀 두고 보자."

이리엘은 일단 대답을 피했다.

"여기에 오래 머물 수는 없을 거야."

"하지만 공사장엔 아무도 없잖아!"

"내가 걱정하는 게 바로 그거야. 무슨 일이 일어나고 있는지 알아야 해. 어제 아침에 소음이 들렸고, 그 소음이 하루 종일 계속됐어. 그것 때문에 우리가 여기를 떠났잖아. 이 조용함이 왠지 불안해……. 게다가 어제저녁에도 밤에도 정수장에 아무도 없었어. 경비원 한 명 보이지 않은 적은 지금껏 한 번도 없었는데 말이야. 우연의 일치라고 하기엔 너무 이상해……."

"우리가 놀란 형과 함께 공사장에 가보면 되잖아."

조드가 말했다.

"넌 어려서 안 돼. 하지만 놀란이 가보는 건 좋은 생각이네."

이리엘이 말했다.

"내가 뭘 보고 오면 되는데?"

놀란이 물었다.

"사람들 눈에 띄지 말고 공사장을 한 바퀴 돌아봐. 할 수 있겠어?"

이리엘이 조금 가시 돋친 말투로 물었다.

"응."

"무슨 일이 일어나고 있는지 잘 살펴봐. 그러면 앞으로 어떻게 할지 좋은 생각이 떠오를 거야."

놀란이 고개를 끄덕인 뒤 밖으로 나갔다.

잠시 후, 조드가 이리엘을 나무랐다.

"누나는 놀란 형에게 좀 심술부리는 것 같아."

"심술부리는 거 아니야, 조드. 조심하는 거야. 놀란은 좋은 아이 같지만, 평생 부랑아들 속에서 살았기 때문에 쉽게 믿으면 안 돼. 좀 더 기다리면서 잘 살펴봐야 해. 너도 마찬가지야! 주의를 게을리하지 마. 알았어?"

"알았어."

조드가 마지못해 수긍했다.

"약속해!"

이리엘이 말했다.

"약속할게."

조드가 대답했다. 조드는 한숨을 내쉬더니 덧붙여 말했다.

"놀란 형이 정말 좋은 사람인지 아닌지 언제쯤 알게 될까?"

"모르겠어……. 하지만 언젠가는 알게 되겠지. 우리가 마음속으로 느끼면."

"나는 벌써 조금 느꼈는데."

조드가 용기를 내 말했다.

"조금이 아니라 많이 느껴야지. 그리고 나도 느껴야 하고. 어때, 그렇지?"

"그래."

조드는 체념하고 동의했다.

14

놀란이 공사장을 둘러보고 와서 자기가 본 것을 전했지만, 이리엘은 자기 눈으로 직접 보고 싶었다. 놀란이 전한 말이 아무래도 그럴 법하지 않게 들렸던 것이다. 이리엘은 모이자를 안은 채 놀란, 조드와 함께 공사장을 둘러보았다. 놀란의 말은 거짓이 아니었다. 이곳저곳에서 작업 도구와 작업대들이 파괴되어 있었다. 장비들도 뭔가에 충격을 받은 듯 부서져 있었다. 하지만 비행기들은 괜찮았다. 창고에 있는 비행기들도, 공터에 있는 비행기들도 부서지지 않았다.

"그런데 여긴 뭐 하는 데야?"

놀란이 물었다.

"파괴 공사 현장이야."

"뭐라고?"

"파괴 공사."

이리엘이 되뇌었다. 그리고 '파괴 공사'라는 말의 뜻을 놀란에게 설명해주었다. 비행기의 종말 이야기도 해주었다.

"그런데 왜 그것들을 저기에 놓아뒀어?"

놀란이 다시 물었다.

"파괴하려고! 더 이상 사용하지 않으니까."

이리엘은 계속 거리를 유지하며 놀란의 질문에 정확히 대답해주었다. 이제 이리엘은 놀란이 무섭지 않았다. 그런데도 놀란에 대한 반감을 떨칠 수 없었다.

"더 이상 사용하지 않는다고? 확실해?"

놀란이 물었다.

"아까 말했잖아. 이제는 저것들 대신 아에로……."

이리엘은 말을 하다가 멈추었다. 놀란이 땅 위 생활에 대해 거의 모른다는 것을 깨달았기 때문이다. 이리엘은 다시 설명했다.

"땅 위 사람들은 아에로솔로를 타고 다녀. 돈이 별로 없는 사람들은 자전거를 타고. 오직 경찰들만 도시 안의 질서를 유지하기 위해 자동차를 타."

"그랬구나! 맞아, 우리는 경찰들의 자동차 소리를 감시했어. 문제는 그것들이 내는 소리를 거의 듣지 못한다는 거야. 자주 선수를 뺏겼어! 하지만 왜 사람들이 비행기를 더 이상 타지 않는 건데?"

놀란이 물었다.

이리엘은 에너지 고갈과 대기오염에 따른 지난 이십 년간의 결정들을 놀란에게 설명해주었다.

"그렇게 하는 게 더 나은 거야?"

"그래."

"너도 확신해?"

"응. 석유로 움직이는 교통수단을 없앤 뒤로 환경오염이 많이 줄었어. 아마도 우리가 지구를 구했을 거라고 우리 아버지도 말씀하셨어."

"이리엘 누나의 아버지는 모르는 게 없으셨어."

조드가 옆에서 힘주어 말했다.

"정말이야?"

"아니야. 우리 아버지는 경제적 효율만 추구하는 세상이 자신과 아내와 수천 명의 아기들을 죽이고, 수천 명의 아이들을 하수도로 몰아넣을 거라는 걸 알지 못하셨어……."

이리엘이 슬픈 표정으로 머리를 흔들며 말했다.

"그래도 누나 아버지는 많은 것을 아셨잖아."

조드가 이리엘의 팔을 가만히 흔들며 위로했다.

"경제적 효율이 뭔데?"

놀란이 물었다.

"아, 그건 설명하기가 너무 복잡해. 우선은 공사장 조사를 마치고 우리가 어떤 상황에 처해 있는지 결론 내리고 싶어."

이리엘이 대답했다.

이리엘은 놀란과 조드를 사무실로 데리고 갔다. 모든 것이 뒤죽박죽 엉망진창이었다.

"이번엔 심각하네. 느낌이 와. 이건 단순한 파업이 아니야."

이리엘이 말했다.

"그럼 전쟁이야? 누나가 말했던?"

조드가 물었다. 이리엘이 가난한 사람들과 부자들 사이에 전쟁이 일어날 거라고 여러 번 말했던 것이다.

"글쎄, 그게……."

놀란이 텔레비전 앞에서 걸음을 멈추더니, 조드의 질문에 대답하려는 이리엘의 말을 자르고 물었다.

"이건 뭐야? 전에도 땅 위에서 이걸 본 적이 있어. 이 안에 뭔가가 잔뜩 들어 있었어."

"텔레비전이야."

이리엘이 텔레비전을 켜면서 대답했다.

텔레비전에 영상이 나타나자 놀란이 깜짝 놀라 물었다.

"어떻게 한 거야?"

이리엘이 전원 스위치를 보여주었다.

"넌 이걸 알고 있었어?"

"응, 땅 위에서 꽤 오래 살았거든."

"그 이야기 좀 해줄래?"

"나중에."

"저 사람은 누구야?"

텔레비전 화면에서는 한 남자가 연단 뒤에 서서 뭔가를 낭독하고 있었다.

"대통령이야. 저 밑에 그렇게 적혀 있잖아."

조드가 말했다. 그러고는 이리엘을 돌아보며 물었다.

"저 사람이 우리나라의 대장이지?"

이리엘이 고개를 끄덕였다.

"우리가 가난하고 형이 하수도에서 사는 건 저 사람 때문이야."

조드가 잘난 척하며 놀란에게 설명했다.

"정말이야?"

놀란이 이리엘에게 물었다.

"그건 그렇게 단순하게 말할 문제가 아니야. 하지만 간단히 줄이면 그렇게 말할 수도 있겠지. 사실 정부는…… 아! 지금 이런 걸 설명하고 있을 때가 아니야. 지금 넌 아무것도 이해 못할 거야. 기본 지식이 부족하니까! 우선은 여길 살펴보는 일을 마무리 지어야 해."

이리엘이 조금 신경질을 냈다.

"나는 기본 지식이 있어. 그리고 누나는 아까 내가 전쟁이냐고 물었을 때 대답해주지 않았어."

조드가 힘주어 말했다.

"전쟁인지 뭔지 잘 모르겠어. 무슨 일이 일어나고 있는지도 잘 모르겠고. 파업과 비슷하긴 해. 하지만…… 장비들을 부순 건 놀라워."

아이들은 사무실을 나와 공장 구역을 둘러본 다음, 비행기들을 조사하러 갔다.

"저 쇳덩어리들로 뭘 하는 거야?"

놀란이 다시 물었다.

"쇳덩어리들을 모두 모아서 팔아. 다른 물건들을 만드는 데 쓰이거든. 이를테면 아에로솔로 같은. 그런 식으로 물자를 낭비하지 않고 재활용하는 거지."

"넌 정말 많은 걸 알고 있구나! 어떻게 그런 것들을 다 알아?"

놀란이 감탄하며 물었다.

"신문을 계속 읽으니까."

이리엘이 별것 아니라는 투로 대답했다.

아이들은 반대편의 공사장 입구에 도착했다. 철책이 굳게 쳐져 있었다. 파업을 알리는 푯말은 없었다. 커다란 현수막이 하나 걸려 있을 뿐이었다. 현수막에는 '무기한 파업'이라고 적혀 있었다.

"이건 우리가 염려 없이 여기에 머물러도 된다는 뜻이야. 하지만 인부들이 다시 일을 시작할 수도 있으니 조심해야 해. 놀라운 건 이 사람들이 더 이상 장비를 갖고 있지 않다는 거야. 내 생각엔 우리가 여기에 정착할 수도 있을 것 같아."

이리엘이 결론지었다.

"우리가 정착한다고?"

놀란이 물었다.

"그래. 내가 방금 그렇게 말했잖아."

이리엘이 무뚝뚝하게 대꾸했다.

놀란은 좀 어색하긴 했지만 '우리'라는 인칭대명사를 사용했다.

"그럼 비행기 안 전체를 차지해도 되겠네."

놀란이 침착한 목소리로 말했다.

"그래, 너도 방 하나를 가지게 될 거야."

이리엘이 동의했다.

아이들은 A380으로 돌아갔다. 햇살이 강하게 내리쬐었고, 열기가 비행기 동체를 달구었다. 이리엘은 모이자의 머리에 내리쬐는 햇살을 손으로 가려주었다.

놀란이 기쁜 듯이 말했다.

"그래, 난 그렇게 할 거야. 그리고 또……."

놀란이 하던 말을 문득 멈추고 이리엘을 바라보았다. 그러고는 여전히 망설이며 말을 잇지 못했다.

"왜 그러는데?"

이리엘이 거칠게 물었다.

"혹시 너 아까 농담한 거 아니지?"

"이리엘 누나는 절대 농담 같은 거 안 해."

조드가 본능적으로 이리엘에게 다가들며 말했다.

"그런데 이리엘 너 글 읽을 줄 알아?"

놀란이 감탄을 숨기지 못하는 어조로 물었다.

"나도 읽을 줄 알아!"

조드가 끼어들어 자랑스럽게 말했다.

"나한테 글 읽는 것 배우고 싶니?"

이리엘이 놀란에게 물었다.

"응."

"우리처럼 말하는 법도 배워야지."

조드가 또다시 끼어들었다.

"배우고 싶어. 가르쳐줄 거야?"

놀란이 말했다. 놀란은 조드의 어깨에 손을 얹으며 빙그레 웃었다.

"좋아, 가르쳐줄게. 하지만 열심히 배우는 게 좋을 거야. 네 입장을 생각해 친절하게 가르쳐줄 거라고 기대하진 마."

이리엘이 엄격하고 무뚝뚝한 어조로 대답했다. 이리엘은 놀란을 만난 이후 줄곧 그런 어조로 말했다. 글 읽는 것을 가르쳐달라는 놀란의 부탁이 이리엘을 안심시켰다. 사실 이리엘은 온화한 아이였고, 너그러운 자세로 사리를 판단하곤 했다. 놀란이 생각이 있는 아이라는 것을, 하는 말들에 일리가 있다는 것을 이리엘은 인정했다. 글 읽는 법을 배우고 싶어 한다는 것은 더 이상 지하세계 아이로 남지 않겠다는 의지의 표현이었고, 놀란이 부랑아 패거리에서 빠져나올 거라는 것을 증명해주었다. 이리엘은 책을 통해 많은 것을 알았고, 놀란도 앞으로 그렇게 될 것이다. 이리엘은 그렇게 믿어 의심치 않았다. 그렇게 믿자 안심이 되었다. 하지만 그럼에도 불구하고 이리엘의 경계심은 완전히 사라지지 않았다. 부모님이 돌아가신 후, 조드 말고는 아무도 믿지 못하고 살아왔기 때문이다.

"난 항상 글 읽는 법을 배우고 싶었어. 쓰는 것도. 정말 네가 가르쳐줄 수 있어?"

놀란이 물었다.

"내가 가르쳐줄 수 있어."

이리엘이 '내가'를 강조하여 말했다.

"난 정말이지…… 네가 나에게……."

"네가 나에게 가르쳐줬으면 좋겠다고?"

조드가 놀란의 말을 자르고는 '네가'라는 말을 강조해 되물었다.

"그래, 난 정말이지 네가 나에게 가르쳐줬으면 좋겠어. 하상 배우고 십었거든."

놀란이 재우쳐 말했다.

"항상 배우고 싶었거든."

조드가 놀란의 불분명한 발음을 또박또박 고쳐주었다.

"너 나를 버이지 않을 거지, 조드? 너와 함께 지내게 되면 나는……."

"너 나를 버리지 않을 거지……."

"나는 빠르게 배울 거야. 네가 나를 버이지 않는다면!"

"네가 나를 버리지 않는다면."

이번에는 이리엘이 놀란의 발음을 고쳐주었다.

"나는 형을 버리지 않을 거야."

조드가 약속했다.

"이리엘 누나가 그러는데, 말을 잘하는 건 좋은 거래. 말을 잘하고, 글을 읽고 쓸 줄 알면, 그리고 헤엄을 칠 줄 알면, 지하세계 아이가 아니야. 강에 있는 작은 수영장에서 헤엄치는 법도 가르쳐줄게. 나도 거기서 헤엄을 배웠어. 헤엄을 배우고 싶어?"

"배우고 십어!"

"배우고 싶어."

조드가 또다시 놀란의 발음을 바로잡았다. 그러고 나서 설명했다.

"거기는 물이 차가워. 여름에도. 그래도 물통에서 목욕했을 때보다는 덜 추울 거야!"

"고마워. 그 전에 네가……."

조드가 손가락 하나를 들어 올리더니 과장되게 얼굴을 찡그렸다.

"네가 내 방 고르는 걸 도와줄래?"

놀란이 또박또박한 발음으로 다시 말했다.

조드는 이리엘 쪽으로 몸을 돌리고 이리엘의 허락을 기다렸다.

"그렇게 해, 조드. 네가 놀란을 데리고 다니며 비행기 안을 전부 보여줘."

"비행기 안을 전부?"

조드가 깜짝 놀라서 물었다.

"네가 출입이 금지된 구역에 가끔 가는 거 난 알고 있었어."

"그럼 위층에 올라가봐도 돼?"

"그래. 하지만 우리 방에서 너무 멀지 않은 곳에 놀란의 방을 고르는 게 좋을 거야."

이리엘의 허락이 떨어지자 조드가 놀란을 이끌었다.

이리엘보다 먼저 잠에서 깨어날 때면 조드는 비행기 안의 출입이 금지된 구역이나 다른 비행기 근처를 돌아다니곤 했다. 하지만 이리엘이 그것을 알고 있으리라고는 꿈에도 생각하지 못했다.

"아무튼 이리엘 누나는 모르는 게 없다니까. 책에 씌어 있지 않은 것까지도 말이야!"

조드가 감탄하는 어조로 놀란에게 말했다.

비행기 안을 둘러본 뒤, 놀란은 조드의 방에서 가장 가까운 방을 골랐다. 그러자 조드는 이제부터 이 비행기 안에서는 남자 구역과 여자 구역이 나뉠 거라고 말했다.

15

저녁 해가 버려진 비행기들 뒤로 넘어가자, 이리엘은 함께 프랭 농장에 가자고 놀란에게 말했다. 이리엘은 모이자를 조드에게 맡기고 주방에서 빈 병을 하나 찾아 들고는 놀란과 함께 길을 나섰다. 공기가 신선했고 춥지 않았다. 산책하기에 좋은 날씨였다. 들판을 가로지르는 길 위에 싱그러운 풀냄새가 떠돌았다. 이리엘은 앞에서 말없이 걸었다. 놀란이 뭔가 말하려고 했지만, 이리엘은 손짓을 해 놀란이 말을 하지 못하게 했다.

이리엘과 놀란은 철조망을 넘었고, 이제는 밀밭에 서 있었다. 이리엘이 들판 건너편에 있는 큰 건물을 손가락으로 가리키며 말했다.

"저기가 그 농장이야. 일단 한 바퀴 둘러보자."

놀란은 고개를 끄덕여 알았다는 표시를 한 뒤 다시 걷기 시작했다. 시골길을 걷는 것은 처음이었다. 평소에 놀란은 하수도 밖으로 나오면 예외 없이 도시로 갔다. 어제 올 때는 하수도에서 겪은 일 때문에 정신이 없어서 주변 풍경을 제대로 보지 못했다. 오늘 저녁 에 다시 보니 들판이 광활하고 고요했다. 별이 뜬 하늘을 올려다보 니 조금 현기증이 일었다. 둥근 밤하늘이 끝을 알 수 없는 불안감을 보여주는 듯했기 때문이다. 그러나 밤의 고요함이 놀란을 이내 안 심시켰다. 고요한 가운데 멀리서 귀뚜라미들이 찌륵거리는 소리와 개 짖는 소리가 들려왔다. 마음속을 늘 짓누르던 답답함이 조금씩 사라지고 있었다. 그것이 몸에 느껴졌다. 이제는 평온이 가득한 부 드러운 느낌이 들었다.

앞에서는 빨간 머리 소녀 이리엘이 걸어가고 있었다. 놀란은 어린아이처럼 입을 헤벌리고 신선한 공기를 한입 크게 들이마셨 다. 살면서 이런 순간을 한 번도 경험해본 적이 없었다. 모든 두려 움에서 벗어나 세상을 온몸으로 느끼는 것 말이다.

놀란은 입을 다물고 코를 벌름거리며 새로운 냄새들을 맡아보 았다. 이내 숨이 가빠왔다. 이리엘은 앞에서 매우 활발한 걸음걸 이로 걷고 있었다.

마침내 두 아이는 농장에 도착했다. 농장은 널찍한 정원을 U자 모양으로 에워싼 건물 세 채로 이루어져 있었다. 정원에 아에로솔 로 세 대가 놓여 있고 현관문이 열려 있었다. 이리엘은 건물에서 뻗은 축사를 가리켰다. 놀란과 이리엘은 살림채에서 마주 보이는 벽을 따라 걸어갔다.

축사의 문이 반쯤 열려 있었다. 놀란과 이리엘은 축사 안으로 미끄러지듯이 들어갔다. 이리엘이 암소들에게 다가가 나지막하게 말을 걸었다. 이리엘은 암소들을 한 마리씩 놀란에게 소개하고는 쓰다듬어 보라고 했다. 암소들은 놀란에게 적대감을 보이지 않았다.

"잘했어. 곧 너 혼자 와도 되겠다."

이리엘이 중얼거렸다.

이리엘은 근처에 놓여 있는 양동이를 가져다가 암소 젖 짜는 방법을 알려주었다. 두 아이는 아직 따뜻한 우유를 가지고 온 빈 병에 옮겨 부었다. 그런 다음 닭장을 한 바퀴 돌면서 달걀 여섯 개를 얻었다. 놀란과 이리엘은 한마디도 나누지 않고 같은 길로 돌아왔다. 놀란은 이리엘이 자신에 대해 갖고 있던 편견이 조금씩 누그러지고 있음을 느꼈다.

비행기 트랩에서 조드가 놀란과 이리엘을 기다리고 있었다. 모이자는 조드의 품에서 잠들어 있었다.

"무슨 일 있었어?"

이리엘이 걱정하며 조드에게 물었다.

"아무 일 없었어! 모이자는 내가 안아주면 더 잘 자. 이것 좀 봐. 얘는 걱정도 없나 봐."

조드가 잘난 척하며 대답했다.

"아! 그랬구나! 이제 들어가서 모이자를 침대에 뉘어. 뭘 좀 먹어야지."

아이들은 비행기 식당의 식탁에 둘러앉았다. 오후 끝 무렵 조드가 이웃 과수원에서 훔쳐 온 신선한 과일과 날달걀을 먹고 우유 한 잔을 마셨다. 놀란으로선 식탁 앞에 앉아 접시와 포크를 사용해서 먹은 첫 끼니였다.

놀란이 털어놓았다.

"나는 땅 위 사람들이 이렇게 먹는 걸 한 번 보 적이 있어! 나는 구금했어. 어떻게 그렇게……."

"나는 본 적이 있어. 나는 궁금했어."

조드가 또 놀란의 발음을 고쳐주었다.

"그런데 이젠 궁금하지 않아. 이상하지. 가분이 아주 좋아. 나는…… 나는 너희와 함께 있는 게 좋아."

"당연하지."

조드가 동의했다.

두 남자아이는 소리 내어 웃었고, 이리엘은 그런 두 아이를 보며 입가에 즐거운 미소를 지었다. 이리엘은 벌써 비행기 안에서 지킬 생활 계획표에 대해 생각하고 있었다. 이리엘은 늘 꼼꼼히 생활 계획표를 짜서 그대로 지켰다. 덕분에 무서움을 잊을 수 있었고, 지하세계 아이가 되지 않고 더욱 나은 삶을 꿈꿀 수 있었다.

조드가 먼저 잠자리에 누웠고, 이리엘과 놀란은 노란 거실에 자리를 잡고 앉았다.

놀란이 말했다.

"내가 하수도에서 어떻게 살았는지 이야기해줄게. 너는 땅 위에서 살았던 이야기를 해줘."

"그래, 네가 원한다면."

이리엘이 찬성했다.

"내가 먼저 시작할게. 내 이야기가 더 빨리 끝날 테니까. 나는 땅 위에 너에게 물을 게 많아."

"이렇게 말하는 거야. '나는 땅 위 생활에 관해 너에게 묻고 싶은 게 많아.'"

"대답해줄 거니?"

"그래, 대답해줄게."

배고프다고 우는 모이자의 울음소리에 두 번 이야기를 중단했지만, 두 아이는 오래도록 이야기를 나누었다.

이윽고 태어나서 처음으로 진짜 침대에 몸을 누인 놀란은 갑자기 바뀐 이 환경이 정말로 현실인지 어리둥절하기만 했다.

16

"빨리 이리 와봐요!"

오팔리아가 인터폰 너머에서 외쳤다.

스모그는 인터폰을 내려놓고 복도로 달려나갔다. 웬 여자가 의식 없는 여자아이를 품에 안고 있었다.

"아이가 경찰의 총에 맞았어요. 제발 살려주세요!"

여자가 흐느껴 울며 말했다.

스모그는 아이를 낚아채듯 부둥켜안고 오팔리아에게 말했다.

"지하실로!"

오팔리아가 즉시 복도 깊숙한 곳에 있는 문을 열어젖혔다.

스모그는 그 문을 지나 계단을 통해 지하로 내려갔고, 두 여자가 그 뒤를 따랐다.

"경찰들이 약탈자 무리를 쫓고 있었어요. 이 아이는 학교에서 집으로 돌아오던 중이었고요."

여자가 설명했다.

세 사람은 하얀 타일이 깔린 넓은 방 안으로 들어갔다. 스모그는 아이를 방 한가운데에 있는 탁자 위에 누이고 아이의 상태를 꼼꼼히 살펴보았다. 오팔리아는 전기로 작동하는 장비를 준비했다.

"엑스레이 촬영을 할 겁니다."

스모그가 말했다.

그 장비는 오 년 전에 파산한 방사선과 병원에서 가져온 낡은 기계였다. 구식이지만 아직 잘 작동했다. 오팔리아는 조금 떨어진 곳에 놓여 있는 의자를 아이 엄마에게 가리켰다. 그런 다음 스모그가 기계를 조정하는 것을 도왔다. 남편의 표정을 보고 오팔리아는 상황이 심각하다는 것을 알았다. 총알이 박힌 위치가 좋지 않았다. 심장과 너무 가까운 곳이라 수술을 해서 제거하기 힘들 것 같았다. 스모그는 아이가 수술을 받을 만한 상태인지 확인했다. 아이 엄마가 전화를 걸어 구급차를 부르지 않은 것은 사회보장에 가입되어 있지 않다는 것을 뜻했다. 그래서 아이를 국립병원에 데려가지 못했을 것이다. 하물며 개인병원에 데려가기는 더욱 힘들었을 것이다. 겨우 이곳으로 아이를 데려왔을 테지만, 스모그는 아무런 조치도 취할 수 없었다.

오팔리아가 엑스레이 기계 뒤로 스모그를 따라왔다. 촬영은 오래 걸리지 않았고, 오팔리아의 두려움은 현실로 확인되었다.

"총알이 심장 바로 밑에 박혔소. 즉시 수술을 해야 할 텐데⋯⋯."

스모그가 일부러 쉬운 용어를 사용해 말했다.

"그러지 못하면 이 아이는 죽겠네요."

오팔리아가 반은 단정적이고 반은 질문하는 듯한 목소리로 말했다.

"그래요."

아이 엄마가 스모그에게 설명했다.

"처음엔 구급차를 불렀어요. 그랬더니 사회보장 카드 번호를 묻더군요. 사회보장 카드가 없다고 했더니 오지 않았어요. 보다 못한 이웃 여자가 이곳의 주소를 알려줬어요. 이 아이를 수술해줄 수 있나요?"

"저는 몇 가지 수술을 합니다. 하지만 심장은⋯⋯."

"수술받지 않으면 아이가 죽을까요?"

아이 엄마가 중얼거리듯 물었다.

"네."

"그럼 수술해주세요! 제발 뭐든 해줘요!"

스모그는 아무 대답도 하지 않았다. 오팔리아가 스모그에게 다가왔다.

"제발요, 선생님!"

아이 엄마가 애원했다.

"이 수술은 위험부담이 매우 큽니다. 후유증이 심각할 수도 있고요…….”

"그래도 해주세요."

아이 엄마는 흐느껴 울기 시작했다.

"저는 이 수술을 해본 적이 없고 전문 지식도 없습니다."

스모그가 말했다. 하지만 아이 엄마는 끈질기게 매달렸다.

"제발 해주세요."

"좋습니다. 그럼 심장외과 전문의인 제 친구를 부르겠습니다. 그 친구가 승낙하면 수술하는 겁니다. 하지만 아이가 산다고 장담할 수는 없습니다."

17

자동차를 갑자기 쓸 수 없게 되자, 스모그는 아에로솔로 한 대를 마련할 수밖에 없었다. 이후 스모그는 한 번도 아에로솔로를 새것으로 바꾸지 않았다. 비행을 별로 좋아하지 않는 스모그는 오래된 아에로솔로를 무덤덤하게 운전했다. 스모그의 친구인 프레데와 비르질리아 릭 부부는 도시 서쪽 교외에 있는 비엘 마을에서 1킬로미터 떨어진, 아에로솔로로 십 분 걸리는 거리의 농장에서 살았다. 스모그는 오래된 프랭 농장의 뜰에 내려앉았다. 뜰에는 다른 아에로솔로 두 대가 더 있었다. 프레데는 자기 집 문 앞에서 스모그를 기다리고 있었다. 스모그는 프레데를 만날 때마다 거대한 몸집에 강한 인상을 받았다.

"어서 오게나. 자네를 목 빠지게 기다렸네."

프레데가 못이 박인 손을 내밀어 인사하고는 빙그레 미소를 지었다. 그 미소가 프레데의 눈을 반짝반짝 빛나게 했고 프레데의 너그러운 성격을 보여주었다. 스모그에게는 그것이 위로가 됐다.

"미안하네. 약속 시간에 늦는 것이 습관이 되어버렸군."

스모그가 중얼거렸다.

"왜, 무슨 문제라도 있었나?"

프레데가 스모그의 어두운 얼굴을 살피며 물었다.

"오늘 여자아이 하나가 내 진료소에 왔는데, 수술을 받고 죽었다네."

"맹장염인가?"

프레데가 놀라며 물었다. 스모그가 오래전부터 그런 수술을 문제없이 해왔다는 것을 프레데는 알고 있었다.

"아니, 총알이 왼쪽 심실 밑에 박혀 있었어."

"경찰들이 쏜 총에 맞은 게로군."

"나는 키튼을 데려왔네. 하지만 어쩔 수가 없었어. 수술 후 합병증이 생겼거든. 아무런 조치도 취할 수 없었어."

스모그가 이어서 말했다.

"국립병원에서 치료를 받았다면…… 그랬다면, 부모에게 돈이 있었다면, 그 아이는 살았을 거야."

스모그가 말하고는 냉소적인 어조로 덧붙였다.

"부자가 되어라. 내가 너를 치료해주리니."

"그러게 말이야."

프레데가 스모그의 어깨를 얼싸안아 집 안으로 이끌며 말했다.

"참, 그 여자아이가 오늘 저녁에 또 왔네. 와서 우유와 달걀을……."

"빨간 머리 여자아이 말인가?"

스모그가 물었다.

"맞아. 나는 그 여자아이가 어디에 사는지 알고 싶었네. 하지만 내가 모습을 드러내면 그 아이가 도망쳐서 다시는 오지 않을까 봐 그러지 못했어."

"그랬겠지."

스모그가 수긍했다.

"지하세계 아이들은 난폭해. 하지만 겁이 많고 경계심도 많지. 그 아이들에게 접근을 시도해본 회원들이 그렇게 말해주더군. 아무튼 이 농장의 우유와 달걀 덕분에 그 여자아이가 굶어 죽지 않는 거야. 적어도 그건 확실해."

프레데는 스모그를 식당으로 데려갔다. 오래된 직사각형 떡갈나무 탁자 앞에, 스모그가 텔레비전에서 여러 번 본 적이 있지만 한 번도 만난 적은 없는 동업조합 공조 책임자 알리스 페르가 앉아 있었다. 알리스 페르는 자리에서 일어나 스모그에게 인사했다.

"테오도르 모뵈르입니다. 우리의 초대에 응해주어 고맙습니다."

스모그가 자기 소개를 했다.

사실 스모그의 이름은 테오도르 모뵈르였다. 스모그는 아내 오팔리아가 이십 년쯤 전에 붙여준 별명이었다. 그즈음 테오도르는 가난한 사람들을 무료로 치료해주기 시작했다. 테오도르는 천성적으로 말수가 없고 성격이 어두웠다. 그런데 그 시절부터 가난한 사람들이 눈에 띄게 증가했다. 테오도르의 얼굴은 침울하고 딱딱한 가면처럼 변했다. 세상에 대해 느끼는 무력감이 테오도르를 굳은 침묵 속에 가두었고 테오도르의 마음을 괴롭혔다. 아무도 그침묵에서 테오도르를 끄집어내지 못했다. 테오도르가 사랑하는 오팔리아도 마찬가지였다. 테오도르의 머리카락과 수염은 일 년만에 하얗게 셌다. 눈빛은 두터운 눈썹 밑으로 꺼져들었다. 어느날 저녁, 오팔리아가 테오도르에게 스모그라는 별명을 붙여주었다. 그 별명이 테오도르를 무기력 상태에서 끄집어냈다.

"왜 스모그야?"

테오도르가 물었다.

"스모그는 '안개'잖아."

오팔리아가 자세한 설명 없이 대답했다.

스모그는 힘들었던 시절 테오도르의 별명이 되었다. 그 무렵, 테오도르는 어릴 적 친구 샤를 베카와 여자 친구 오팔리아와 함께 조직을 만들었다. 그러면서 잃어버렸던 활력을 되찾았다. 모든 직종에 속한 사람들이 조직을 찾아왔다. 그러던 중 프레데와 비르질리아 릭 부부를 만났다.

이후 그들은 쉼 없이 활동했다. 천을 짜듯, 한 코 한 코 뜨개질을 하듯 조직망을 촘촘히 하면서 느리지만 내실 있게 회원을 모집하고 연수를 실시했다. 조직은 견고해졌고 수많은 하부 조직들도 튼튼했다. 조직에는 국가의 고위 관리들도 포함되었다. 현역에 있는 관리들은 눈에 보이지 않는 곳에서 열성적으로 조직을 도왔다. 조직망은 충분히 세분되어 있어서 경찰이 처음 개입했을 때에도 와해되지 않았다. 짜야 할 마지막 그물망이 하나 남아 있었다. 아직 일자리가 있는 사람들이 일자리가 없는 사람들에게 동조하도록 설득하는 일이었다. 항공 분야에서 일어난 자발적 파업 덕분에 다른 직종의 노동조합들도 파업에 나설 수 있었다.

"당신을 알게 돼서 기뻐요, 모뵈르 씨."

알리스 페르가 스모그와 악수를 하며 말했다.

스모그는 친구 샤를 베카와 경찰 쪽을 담당하는 스파이 페넬로프 롤프를 얼싸안았다. 페넬로프 롤프는 치안국 정무차관이었다.

스모그가 탁자 끄트머리에 앉았고, 회의가 시작되었다.

18

이리엘은 아침 일찍 빵집 문이 열리자마자 도착했다. 빵집 여주인이 이리엘을 맞이했다.

"저런, 알리니아! 너를 보니 기분이 좋구나. 그래, 시험은 어떻게 됐니?"

이리엘은 만일에 대비해 자기의 진짜 이름을 빵집에 말하지 않았다. 문학을 전공하는 대학생 알리니아 랑바라고 말해두었다.

"결과를 기다리는 중이에요."

이리엘이 대답했다.

"잘될 것 같니?"

"예, 일 년 동안 열심히 공부했거든요."

"여름 동안 할 아르바이트 자리를 찾고 있니?"

빵집 여주인이 물었다. 이리엘은 고개를 끄덕였다.

"9월 말까지 금요일, 토요일, 일요일 오전에 일할 사람이 한 명 필요하단다. 일은 평소처럼 하면 되고, 급료는 주급으로 주려고 해. 괜찮니?"

"좋아요. 학교는 10월 초에 다시 시작하니까요."

이리엘은 태연하게 거짓말을 했다.

"그러면 금요일에 다시 보자."

빵집 여주인이 조그만 종이봉투를 집어 들며 결론지었다. 빵집 여주인은 비엔나풍 과자를 봉지 가득 담아 이리엘에게 내밀었다.

"자, 아침 식사다!"

이리엘이 비행기에 도착했을 때, 놀란과 조드는 모이자를 막 씻긴 참이었다. 두 남자아이는 브리오슈, 크루아상, 건포도빵을 우유와 함께 맛있게 먹었다. 그런 다음 공책과 조드가 쓰던 첫 읽기 책을 꺼냈다. 세 아이는 식당의 가장 큰 탁자 주위에 자리를 잡고 앉아 놀란의 읽기 수업을 시작했다. 놀란은 열심히 공부했고, 오전 수업 시간은 세 아이가 하루 중 가장 좋아하는 시간이 되었다.

세 아이의 생활은 이리엘이 계획한 대로 흘러갔다. 아침나절에는 책을 읽고 글을 쓰고, 오후에는 주변의 정원과 과수원에서 채소와 과일을 훔쳐 왔다. 그리고 필요하면 저녁에 프랭 농장에 가서 먹을 것을 훔쳐 왔다. 금요일, 토요일, 일요일에는 이리엘은 빵집에 가서 일을 하고, 조드가 놀란의 가정교사 노릇을 했다. 조드는 자기가 아는 것을 놀란에게 가르쳐주기를 몹시 좋아했다. 놀란은 이내 글을 읽기를 깨쳤고, 이제는 쓰기 수업을 받게 되었다. 놀란은 연필을 쥐어본 적이 한 번도 없었다. 먼저 손에 연필을 쥐고 선 긋기를 익히는 데 많은 시간을 보내야 했다. 조드는 당황하고 실망해서 놀란을 쳐다보았다. 자신에게는 너무나 쉽고 자연스러운 것을 놀란은 왜 그렇게 힘들어하는지 이해할 수 없었다. 겨우 다섯 살 반짜리도 아는 것을 말이다!

이리엘이 조드에게 참을성 있게 설명해주었다.

"놀란은 어릴 때 연필로 선 긋는 것을 배우지 못했어. 너는 잘 모르겠지만 그건 그리 쉽게 되는 일은 아니야!"

그러나 조드는 이리엘의 설명이 마음에 들지 않았다. 놀란은 조드보다 훨씬 나이가 많았고, 조드는 이미 놀란을 어린 아빠로 마음속에 점찍어두었기 때문이다. 그러니 놀란은 모든 것을 조드보다 더 잘해야 했다.

"놀란은 지하세계 아이였어. 한 번도 뭔가를 배운 적이 없다고!"

이리엘이 논쟁 끝에 말했다.

이 설명은 효과가 있었다. 지하세계 아이로 산다는 것은 조드가 생각할 때 한 아이에게 일어날 수 있는 가장 나쁜 일이었다. 이리엘이 조드가 아주 어릴 때부터 그런 생각을 머릿속에 넣어주었던 것이다. 이후 조드는 놀란이 쓰기를 잘할 수 있도록 한없는 친절을 베풀었다. 다행히 놀란은 끈기가 있었고, 연필로 열심히 선 긋기를 연습했다. 마침내 놀란의 손이 연필에 익숙해졌고, 글씨를 쓰는 데 도전할 수 있을 만큼 자신감도 생겼다.

놀란은 비행기 안에서 사는 것이 좋았다. 놀란의 생활은 규칙적이고 평온했고, 아기 모이자의 필요에 맞춰졌다. 난폭한 부랑아들을 피해 하수도 안에서 도망다녔던 일이 이제는 아득하게 느껴졌다. 새로운 생활이 그때의 기억들을 차츰 지워버렸다. 장난꾸러기 조드가 놀란이 속했던 부랑아 패거리처럼 말을 하며 놀렸을 때, 놀란은 자기가 예전에 그런 식으로 말했다는 것을 믿을 수 없었다. 그래서 웃어야 할지 화를 내야 할지 알 수 없었다. 다행히 조드는 제때에 장난을 멈추었다. 놀림은 오래 계속되지 않았고, 웃음이 그 자리를 덮어버렸다.

19

6월 20일, 이리엘은 놀란과 단둘이 있는 틈을 타 말했다.

"내일이 조드의 생일이야."

"뭐라고?"

놀란이 되물었다.

"조드의 생일이라고. 내일 조드가 여섯 살이 돼."

놀란은 이리엘의 말을 알아듣지 못하고 가만히 있었다. 이리엘이 자세히 설명했다.

"조드의 나이 말이야. 조드가 여섯 살이 된다고."

"네가 그걸 알아?"

"응, 조드는 육 년 전 6월 21일에 태어났어."

"그걸 어떻게 알아?"

놀란이 물었다.

"태어난 지 얼마 안 됐을 때 내가 조드를 발견했어. 그때 조드는 탯줄도 떨어지지 않았지. 지금의 모이자처럼."

"탯줄?"

이후 놀란은 출생과 생일에 대한 질문을 무더기로 쏟아냈고, 이리엘은 그것에 일일이 대답해주었다. 이리엘은 이런 문제에 대해 놀란이 아는 것이 없다는 것을 새삼 깨달으며 놀란에게 물었다.

"부랑아들한테는 출생 날짜가 없니?"

"응, 없어. 아기를 가진 여자아이들은 그게 알려지자마자 패거리에 속할 수 없게 돼. 계속 패거리 안에 머무르면 끔찍한 일이 일어난다는 걸 알기 때문에 떠날 수밖에 없어⋯⋯."

순간 이리엘이 거칠게 손짓해 놀란의 말을 멈추었다. 놀란이 하려는 말이 무엇인지 알아차렸고, 그 이야기를 자세히 듣고 싶지 않았던 것이다. 이리엘의 마음속에 공포의 물결이 다시 넘실댔다. 이리엘은 현재의 관심거리인 조드의 생일 이야기로 돌아가 공포를 떨쳐내려 했다.

"생⋯⋯ 뭐라고?"

놀란이 다시 물었다.

"생일."

"생일?"

"태어난 것을 축하하는 날이야. 내일이 바로 조드의 생일이고."

"조드의 생일이 그날이라는 것을 너는 어떻게 알아?"

놀란이 다시 물었다.

이리엘은 놀란이 시간에 대해 자신과 똑같은 인식을 갖고 있지 않다는 것을 깨달았다. 놀란은 해, 계절, 날에 대해 흐릿한 개념을 갖고 있었지만, 달과 주를 구분하지 못했다. 달력 역시 알지 못했고, 생일과 나이의 개념도 정확히 알지 못했다. 이리엘은 달력을 가지고 와서 시간을 구성하는 규칙을 놀란에게 가르쳐주었다. 놀란은 그 모든 지식을 빠르게 흡수했다. 하지만 자기가 태어난 날이 언제인지 알지 못한다는 사실에 몹시 슬퍼했다.

"네 성을 찾아내면 네가 태어난 날도 알 수 있을 거야. 아기가 태어나면 아기 이름과 태어난 날을 시청에 신고하게 되어 있고, 나라에서 그 기록부를 관리해."

이리엘이 놀란을 위로하며 말했다.

"정말이야?"

놀란이 걱정하며 물었다.

"너는 두 살 아니면 세 살 때 하수도에 들어왔을 거야. 그리고 틀림없이 시청에 출생 신고가 되어 있을 거야. 조드나 모이자와는 다르게 말이야! 그 아이들은 출생 신고가 되어 있지 않아. 태어나자마자 곧바로 버려졌거든⋯⋯."

"그런데도 그 아이들이 태어난 날짜를 안다고?"

"그래, 내가 그 아이들을 발견했을 때 보니 태어난 지 이틀 정도였어. 방금 탯줄에 대해 말해줬잖아."

놀란은 엄청난 슬픔과 비참함을 느꼈다. 그것은 놀란의 마음 깊은 곳을 찢어놓는 상처 같은 것이었다. 놀란은 자신의 성을 알지 못했고 자기가 태어난 날도 알지 못했다. 놀란도 조드와 모이자처럼 버려진 아이였다. 시청의 기록부에 이름이 있건 없건. 놀란은 이리엘과의 대화를 통해 그 사실을 실감했다. 힘들었던 삶이 겨우 안정되기 시작한 순간에.

"언젠가 우리가 땅 위에서 걱정 없이 지내게 되면, 네 이름과 출생 기록을 찾도록 도와줄게."

놀란이 슬퍼하는 것을 알아채고 이리엘이 약속했다.

"내 이름."

놀란이 되뇌었다. 잠시 침묵이 내려앉았다.

"그리고 생……."

"생일…… 생일에 사람들은 작은 파티를 열고 선물을 줘. 나는 기억이 나."

이리엘이 말했다.

이리엘은 머릿속에 떠오른 기억을 애써 떨쳐버렸다. 부모님과 함께 보낸 생일들을 떠올리니 마음이 너무나 아팠기 때문이다. 이리엘이 말을 이었다.

"내가 빵집에서 케이크를 가져올게. 조드에게 줄 선물로 풍선도 하나 사올게. 조드가 보면 기뻐할 거야. 그렇게 생각하지 않아?"

6월 21일은 그야말로 조드의 날이었다. 조드는 무척이나 기분 좋아했다. 자신의 생일이 여름의 첫날이라는 것도 좋아했고, 하루 종일 어린 엄마 이리엘에게 귀염 받는 것도 무척 즐거워했다. 마음속에 점찍어둔 어린 아빠 놀란의 귀염을 받는 것도. 그날 저녁, 이리엘은 빵집에서 가져온 케이크에 초 여섯 개를 꽂아놓았다. 조드는 그 촛불들을 한 번에 불어서 껐다! 그런 다음 선물 꾸러미를 받았다. 빨갛고 노란 예쁜 종이로 포장한 선물이었다. 조드는 난생처음 선물을 받아보았다. 지금까지는 이리엘이 조드에게 선물을 사줄 수 있을 만큼 돈을 많이 벌지 못했던 것이다. 풍선을 보자 조드의 입이 쩍 벌어졌다. 잠시 후, 조드는 마음껏 기쁨을 표현했고 이리엘의 품으로 달려가 바싹 안겼다. 조드는 그날 저녁 풍선을 갖고 재미있게 놀았고, 밤새 자기 침대 속에 넣어두었다.

20

6월의 마지막 날, 이리엘은 프랭 농장의 축사에 갔다가 짧은 편지 한 장을 발견했다.

이따금 와서 우리 축사와 닭장에서 먹을 것을 가져가는 소녀야, 만일 네가 글을 읽을 줄 안다면 이 편지를 꼭 좀 읽어보려무나.

우리는 네가 우리에게서 필요한 것들을 가져가는 것을 나쁘게 보지 않는단다. 오히려 네가 그것들을 가져갈 수 있어서 기분이 좋아. 긴급한 일이 생기거나 도움이 필요하면 654 258 RI로 우리에게 연락하렴. 그럼 안녕.

프레데와 비르질리아 릭

이리엘, 놀란 그리고 조드는 이 편지에 관해 오랫동안 의견을 나누었다. 이 편지를 어떻게 생각해야 할지 알 수 없었다. 놀란은 섣불리 연락하지 말고 계속 경계하자는 의견이었다. 반면 조드와 이리엘은 릭 가족을 믿고 싶어 했다. 그토록 오랫동안 먹을 것을 훔쳤건만 이런 친절한 편지를 보내다니! 릭 가족은 이리엘이 먹을 것을 훔치는 것을 눈치챘고, 이리엘을 붙잡을 수 있는 기회가 여러 번 있었는데도 그러지 않았다! 놀란은 아무튼 한 달 정도 기다려본 뒤 릭 가족에게 연락하자고 이리엘을 설득했다.

7월 초에 이리엘은 마을 시장에서 놀란을 위해 청바지 한 벌, 티셔츠 한 장, 캔버스 운동화 한 켤레를 샀다. 어느 날 아침, 이리엘은 조드가 주의 깊게 지켜보는 가운데 놀란의 머리칼을 잘라주었다.

놀란은 일자리를 찾기 시작했다. 일부러 프랭 농장은 빼놓고 그 주변에서 일자리를 찾았다. 마침내 놀란은 과일밭과 채소밭에서 일을 하게 되었고, 그것에 큰 자부심을 느꼈다. 놀란도 이제 일을 해서 돈을 벌게 된 것이다.

그때부터 놀란은 일을 마친 뒤 밤에 공부했다.

하루 일과가 끝날 때면 자주 과일과 채소를 가지고 돌아왔다.

덕분에 먹을 것을 훔칠 일이 점점 줄어들었다.

비행기 안의 삶은 규칙적으로 그리고 평온하게 흘러갔다.

8월 초가 되자 모이자는 밤에 깨지 않고 잘 잤다. 그 전까지는 이리엘과 놀란이 교대로 밤에 일어나 모이자에게 젖병을 물려주었다. 밤에 깨지 않고 푹 자게 되자 몸도 편하고 마음도 한결 놓였다!

놀란이 돌보아줄 때 모이자는 아무런 불만도 보이지 않았다. 놀란과 함께 있을 때에도 이리엘이나 조드와 함께 있을 때만큼이나 활발하게 옹알거렸다. 모이자도 놀란을 가족으로 받아들인 것이다.

9월 중순의 어느 날 아침, 놀란이 모이자를 목욕시키는데 조드가 이리엘을 한쪽으로 끌고 가서 말했다.

"이리엘 누나, 이제 됐어. 난 놀란 형이 친절한 사람이라는 걸 마음속으로 많이 느껴."

"그래, 조드. 놀란은 이제 정말로 우리 가족이 되었어."

"이제 우린 놀란 형을 믿어야 돼. 그렇지 않아?"

"그래, 이제 놀란을 믿어도 돼."

"놀란 형이 영원히 우리와 함께 지낼까?"

"놀란이 원한다면 그러겠지. 안 될 게 뭐 있어?"

"참 잘됐다. 그러면 나와 모이자에게도 아빠가 생기는 거야. 놀란 형이 그러겠다고 할까?"

"놀란에게 물어봐."

조드는 저녁 먹을 시간이 되길 기다렸다가 놀란에게 불쑥 물었다.

"놀란 형, 이제 형이 우리 아빠야?"

놀란은 대답하지 않았다. 그러자 조드는 걱정이 되었다.

조드가 다시 물었다.

"형은 우리의 아빠가 되고 싶지 않아?"

"되고 싶지."

놀란이 이리엘을 바라보며 수줍게 대답했다.

"이리엘 누나는 어때?"

조드가 어린 엄마 이리엘을 돌아보며 물었다.

"그건 너희 둘이 결정해야지."

이리엘이 잘라 말했다.

"우리 둘이 좋다면 누나도 찬성이야?"

"당연하지."

"나는 좋아!"

조드가 큰 소리로 말했다.

"나도 그래."

놀란도 분명한 목소리로 말했다.

"그렇지!"

조드가 외쳤다. 조드의 얼굴에 환하고 의기양양한 미소가 피어
올랐다.

"그렇지!"

이리엘과 놀란이 동시에 말했다.

조드가 이제는 우리들의 생활이 부자 구역 사람들의 생활과 비
슷하다고 말했다. 그러자 이리엘이 어떤 점에서는 아직도 다르다

고 대꾸했다.

"그래도 조금은 비슷하잖아."

조드가 고집스레 말했다.

"형과 누나가 우리의 아빠 엄마이고 밖에서 일을 해. 모이자와 나는 아이들이고. 또 나는 학교에 다니는 것처럼 공부를 하고."

"네가 바란다면 그렇다고 해두자."

마침내 이리엘이 말했다. 조드가 정상적인 삶을 얼마나 꿈꾸는지 이리엘은 잘 알고 있었다.

비행기에서 사는 이 작은 가족이 보낸 여름은 평온했다. 웃음소리, 종알대는 소리 그리고 기쁨이 가득했다.

여름 끝 무렵 모이자는 살도 오르고 키도 커졌다. 몸을 뒤집을 수 있게 되었고 일어나 앉으려는 몸짓도 곧잘 했다.

조드는 읽기, 계산, 풍선 놀이, 다이빙 실력이 많이 발전했다.

놀란은 읽기, 쓰기, 헤엄치기를 배웠다. 강가의 작은 수영장은 조드가 말한 것처럼 바위 두 개 사이에 있는 깊고 넓은 물구덩이였다. 첫 수업 때 놀란은 무서움을 애써 감추었다. 이리엘과 조드 덕분에 발견한 시골과 들판이 놀란은 너무나 좋았다. 하지만 물에 몸을 담그고 헤엄치는 것은 꽤나 무서웠다. 익숙해지고 편안하게 느끼기까지는 시간이 좀 걸렸다.

아이들은 프랭 농장에서 계속 먹을 것을 훔쳤고, 9월 초가 되자 릭 가족이 믿을 만하다고 뜻을 모았다. 놀란이 제안한 기한도 지나갔다. 긴급한 상황이 발생할 경우 릭 가족에게 도움을 청하기로 했다. 아이들은 릭 가족의 전화번호를 각자 머릿속에 외워두었다.

21

빵집 손님들이 하는 말을 통해 이리엘은 많은 회사에서 파업이 일어나고 있다는 것을 알았다. 아이들은 그 소식이 기뻤다. 덕분에 위험 없이 계속 A380 안에서 살 수 있을 테니 말이다. 그동안 일을 한 덕분에 이리엘과 놀란은 따로 떼어놓은 돈이 조금 있었고, 다가올 겨울을 차분히 준비하고 있었다. 일단은 물을 비축해야 했다. 여름은 건조했고, 9월에도 비가 오지 않았다. 비행기 밑의 물통들은 텅 비었고, 비축해놓은 생수 병들도 바닥이 났다. 공사장의 수도에서 물을 길어 올 수도 없었다. 6월 초에 수돗물이 끊겼기 때문이다.

9월 말, 이리엘과 놀란은 마을 입구에 있는 슈퍼마켓 주차장을 주의 깊게 살펴보았다. 배달하려고 주차장에 쌓아놓은 생수 병들이 보였다. 그 생수 병들을 훔치기로 했다.

10월 1일 밤, 이리엘과 놀란은 슈퍼마켓 주차장에서 운반차 한 대분의 생수 병들을 발견했다. 두 아이는 생수 병 꾸러미를 가지고 비행기로 돌아왔다. 조드에게는 생수 병을 더 구하기 위해 슈퍼마켓 주차장에서 밤을 새울지도 모르니 모이자가 잠에서 깨어나면 잘 돌봐주라고 일렀다.

이리엘과 놀란이 세 번째로 생수 병 꾸러미를 비행기에 가져다 놓았을 때, 경찰들이 이리엘과 놀란을 덮쳤다. 강렬한 불빛이 이리엘과 놀란의 눈을 비추었고, 이어서 이런 소리가 들려왔다.

"움직이지 마. 움직이면 쏜다!"

경찰 한 명이 두 아이의 팔을 등 뒤로 돌린 뒤 손에 수갑을 채웠다. 이리엘은 몸부림을 치며 비명을 질렀고, 놀란은 경찰들이 하는 대로 몸을 맡겼다.

"비행기 안을 뒤져봐. 다른 물건들도 있을 거야!"

아까와 똑같은 목소리가 명령했다.

공포스러운 시간이 흘러갔고, 이리엘과 놀란은 바닥에 쓰러진 채로 있었다. 비행기 안을 저벅저벅 걷는 경찰들의 발소리가 들려왔다. 이리엘은 무서움에 몸을 떨었다.

"아이와 갓난아이가 있어!"

트랩 꼭대기에서 경찰이 외쳤다.

"이 녀석들 역시 우리 생각대로 지하세계 아이들이로군. 이 아이들은 이 녀석들이 낳은 아이들이고."

맨 처음에 말했던 경찰이 조롱하듯 중얼거렸다.

"아니에요, 우린 친척 사이예요."

놀란이 경멸이 담긴 어조로 항의했다.

경찰들은 이리엘과 놀란을 일으켜 세웠다. 복면으로 얼굴을 가린 경찰 세 명이 이리엘과 놀란을 작은 화물차 쪽으로 데려갔다. 그때 이리엘은 조드가 모이자를 품에 안은 채 복면을 한 네 남자에게 둘러싸여 있는 것을 보았다. 조드는 얼빠진 눈으로 이곳저곳을 둘러보았다. 그러다가 이리엘과 놀란을 보자, 자기를 붙잡고 있는 남자의 손에서 벗어나려고 했다.

"조드!"

이리엘이 앞으로 달려나가며 외쳤다.

그러나 경찰들이 곧바로 이리엘을 제지했다.

놀란과 이리엘은 경찰들의 손에 이끌려 소형 화물차에 올라탔다. 조드와 모이자의 울음소리가 울려 퍼지는 가운데 차 문이 닫혔다.

화물차는 천천히 멀어져갔고, 조드와 모이자의 울음소리는 부르릉거리는 엔진 소리에 묻혀버렸다.

이리엘과 놀란은 화물차 뒤쪽의 빛이 들지 않는 작은 칸에 갇혔다. 두 아이는 서로 마주 보고 앉아 있었다. 이리엘은 텅 빈 눈으로 입을 벌린 채 있었다.

"이리엘."

놀란이 속삭였다.

이리엘은 대답하지 않았다.

"이리엘."

놀란이 부드러운 목소리로 다시 불렀다.

이리엘은 돌처럼 굳은 얼굴로 놀란을 바라보았다. 그러나 놀란을 보고 있지 않았다. 놀란은 절망에 빠져 눈길을 돌렸다. 자신의 무능함을 탓하며 몸을 마구 짓찧었다. 놀란은 난폭한 옌틀란의 손아귀에서 여자아이 몇 명과 많은 남자아이를 구해주었다. 또 이리엘, 조드, 모이자를 자기가 속한 부랑아 패거리에서 구해주었다. 그런데 지금 일어난 일은 어쩔 도리가 없었다. 벗어날 방법이 없었다. 그 사실이 놀란의 가슴을 아프게 쳤다. 맹렬한 분노가 마음속에 들끓었다. 하지만 분노를 터뜨려봐야 아무짝에도 쓸모없다는 것을 경험으로 알고 있었다. 놀란이 하수도에서 살아남은 것은 충동적인 감정에 휩쓸리지 않았기 때문이었다. 행동하기 전에 우선 깊이 생각했기 때문이었다. 침착한 모습을 보여줘야 다른 사람들의 마음을 움직일 수 있다는 것을 놀란은 알고 있었다. 만일 놀란이 분노를 마음껏 쏟아내며 옌틀란을 정면에서 공격했다면 진작에 목숨을 잃었을 것이다. 하지만 경찰들에게 붙잡힌 지금, 놀란은 무엇을 할 수 있을까?

"이리엘."

놀란이 다시 이리엘을 불렀다.

놀란의 분노는 이제 차갑고 냉혹한 증오로 변했다.

놀란은 무기력한 목소리로 중얼거렸다.

"경찰들이⋯⋯."

화물차가 부르릉거리는 소리가 침묵을 자주 깨뜨렸고, 놀란은 그것을 견딜 수 없었다.

"이리엘."

놀란이 애원하듯 다시 이리엘의 이름을 불렀다.

그러나 이리엘은 여전히 대답이 없었다. 그 침묵이 놀란을 공포에 몰아넣었다.

이리엘을 멍한 상태에서 끌어내야 했다. 이리엘의 눈빛에 다시 불을 지펴야 했다. 일단은 이리엘의 몸에 생명을 불어넣는 것이 시급했다.

모이자가 물에 빠져 죽을 뻔하다 살아났을 때 상냥한 목소리로 모이자를 달래주던 빨간 머리 여자아이의 모습이 눈앞에 떠올랐다. 놀란은 이리엘을 바라보았다. 그리고 아주 조금 망설이다가 말을 꺼냈다.

"야간 경비원들이 슈퍼마켓 주차장에서 우리를 보고 경찰에 신고한 것 같아. 경찰들은 지하세계 아이들을 붙잡아가거든. 하지만 죽이지는 않아, 이리엘. 경찰들은 사람을 죽이지 않아. 어린아이도, 갓난아이도. 그러니까 조드와 모이자의 생명은 위험하지 않아. 그 애들은 죽지 않을 거야. 경찰들은 그 애들을 어디론가 데려갈 거야. 우리가 그 애들을 찾아내면 돼. 그리고…….”

“어디로 데려가는데?”

마침내 이리엘이 딱딱한 목소리로 물었다.

“나도 잘 몰라. 하지만 우리가 그 애들을 찾아낼 거야.”

“맹세해.”

“맹세할게.”

“만약 우리가 헤어지면, 릭 가족의 집에서 다시 만나자. 아마 조드도 거기로 올 거야. 조드는 내가 일러둔 주의 사항들을 항상 완벽하게 지키니까. 하지만 혹시 그 애들이 릭 가족의 집으로 오지 않으면, 우리가 그 애들을 찾아야 해. 사방을 뒤져서라도. 그렇게 하겠다고 맹세해줘!”

이리엘이 말했다.

이리엘의 목소리는 단호하고 거칠었다. 놀란은 이리엘을 처음 만났던 때를 떠올렸다. 그때 이리엘은 “우리를 배신하면 널 죽여버릴 거야”라고 말했다. 그리고 다음 순간, 이리엘에 대한 강렬한 사랑의 감정이 파도처럼 밀려와 놀란은 할 말을 잊었다. 놀란은 이리엘에 대한 자신의 사랑만으로 이리엘을 위로해줄 수 있기를, 방금 일어난 일을 모두 지워버릴 수 있기를 바랐다.

놀란이 말이 없자, 조바심이 난 이리엘이 재우쳐 요구했다.

“맹세해줘!”

“맹세할게.”

이제 이리엘의 눈은 텅 비어 있지 않았다. 분노로 불타고 있었다. 이리엘의 두 뺨에 눈물이 흘러내렸다. 이리엘은 화물차를 타고 가는 내내 하염없이 울었다.

놀란도 울었다.

이제는 놀란이 이리엘의 유일한 가족이었다.

22

"비행기 파괴 공사 현장에서는 작업이 다시 시작되지 않을 겁니다. 우리가 6월 초에 장비들을 부수었어요."

사십 대쯤 되어 보이는 남자가 말했다.

스모그는 그 말을 건성으로 듣고 있었다. 파업은 7월 1일에 시작되었다. 그러나 그다지 조직적이지는 못했다. 몇몇 공장들만 가동을 멈추었을 뿐이다. 무엇보다도 스모그의 조직에 속한 조직원들이 일하는 공장이 다수였다. 정부는 파업을 중단시키기 위해 여름 휴가철이 오기를 기다렸다.

하지만 정부의 기대는 빗나갔다. 8월 30일, 여름 휴가가 끝나고 업무가 다시 시작되던 날, 동맹 파업은 더욱 강화되었다. 건설과 교통 분야가 특히 그랬다. 파업을 지속시켜야 할까? 스모그는 망설였다. 사람들을 다시 결집시키려면 얼마나 더 많은 시간이 필요

할까? 스모그는 파업에 참가한 직장 대표자들의 의견을 듣고 결정을 내리기로 했다.

비엘 마을 공사 현장 대표자가 확고한 어조로 결론지었다.

"이런 상황에서는 절대 작업을 재개할 수 없습니다. 우리는 버틸 겁니다. 여러분은 저항을 확산시키기 위해 필요한 일들을 해주시면 됩니다."

"알겠습니다. 우리는 저항할 겁니다. 의견을 말씀해주셔서 고맙습니다."

스모그가 말했다.

프레데가 공사 현장 대표자를 배웅하고 돌아와 자리에 앉았다.

이번에는 페넬로프 롤프가 말했다.

"정부는 각각의 파업이 독립적으로 일어났다고 확신하고 있어요. 그래서 지난번 국무회의에서 이 문제를 거론하지도 않았죠. 하지만 이게 우리의 힘이에요. 덕분에 우리가 지속적으로 활동할 수 있는 거고요. 그걸 믿어야 해요, 스모그!"

"믿습니다."

스모그가 대답했다.

그러자 샤를 베카가 격렬한 어조로 끼어들었다.

"아니야! 자네는 믿지 않고 있어! 파업하는 공장 대표자들의 의견을 겨우 들었을 뿐이야. 그 대표자들에게 간신히 질문을 건넸고! 우리는 그 사람들을 믿어야 해. 그 사람들에게 용기를 불어

넣어야 해. 그 사람들이 무엇을 견뎌왔는지, 자신은 물론 가족들에게 어떤 위험을 무릅쓰게 하는지 자네도 잘 알 거야! 계속 저항해야 돼! 이 불공정한 세상을 끝장내고 새로운 세상을 만들어야 해!"

샤를 베카가 이야기하는 동안, 페넬로프 롤프와 프레데와 알리스 페르는 뭔가 묻는 듯한 짧은 눈길을 주고받았다. 과연 스모그는 어떤 반응을 보일 것인가?

조직의 리더인 스모그는 잠자코 있었다. 스모그의 얼굴은 냉정했다. 샤를 베카가 자신을 부추길 만한 이유가 충분하다는 것을 스모그는 알고 있었다. 샤를 베카는 일단 파업이 시작되어 퍼져나가면 혁명이 일어날 거라고 줄곧 상상해왔다. 그러나 파업을 조직하고 서로를 격려하며 보낸 지난 몇 달은 힘들었다. 스모그는 피곤했고 의기소침해졌다. 어린 시절 친구인 샤를의 말이 스모그를 무감각 상태에서 끌어냈다. 스모그는 희미한 미소를 짓고는 말했다.

"자네 말이 옳네, 샤를. 각 분야의 책임자들을 불러 모아 심층적인 이야기를 들어보고 앞으로의 행동 지침을 전달하도록 하겠네. 그 행동 지침은 다음과 같네. '모든 방법을 통해, 가능하다면 평화적인 방식으로 정부를 쓰러뜨려라.' 정보를 제공하고 운동을 조직하는 일은 우리 조직에서 맡아야지."

"그래야지!"

오래전부터 이런 방식의 운동을 주장해온 샤를 베카가 맞장구 쳤다. 샤를 베카는 노동조합연맹 일을 맡아보는 알리스 페르를 돌아보며 말했다.

"당신은 어떻게 생각합니까, 알리스? 삼 주 전에 당신은 우리를 적극 지원하겠다고 약속했는데⋯⋯."

"적극 지원할 거예요. 이번 주에 노동조합연맹이 기초를 갖출 거예요. 똑같은 행동 지침을 그들에게 전달할 거고요. 바로 그것이 사람들이 기대하는 것이죠. 사람들이 자신의 생각을 자연스럽게 표현하고 나름의 저항 방법을 생각해내도록 도와야 해요."

알리스 페르가 힘주어 말했다.

"알겠습니다. 일주일 후에 이 문제를 다시 이야기하도록 하지요."

스모그가 말했다.

스모그는 자리에서 일어나 샤를 베카와 알리스 페르와 작별인사를 하고, 프레데에게 두 사람을 배웅하게 했다.

프레데가 두 사람을 배웅하고 돌아오면서 말했다.

"비행기 파괴 공사 현장에서 소란이 있었던 것 같아. 내 생각엔 경찰이 개입한 것 같네."

"6월 이후 파업을 감시하는 경찰들은 사라졌잖아!"

"내가 이상하게 생각하는 게 바로 그 점이야⋯⋯. 게다가 밤에 소란이 일어났거든. 경찰이 개입한 게 아니라면 도대체 무슨 일인지 모르겠어."

"그곳에 가서 한번 둘러볼까?"

스모그가 제안했다.

"그래, 함께 가보세."

프레데가 들판의 지름길로 스모그를 인도했다. 두 사람은 출입구 측면을 통해 공사장에 도착했다. 울타리에 접근해 잎이 우거진 가지들을 조심스럽게 헤치고 공사장을 들여다보았다. 버려진 비행기 옆 몇 미터 떨어진 곳에서 회전 경보등을 켠 경찰의 화물차 두 대가 시동을 걸더니 천천히 멀어져갔다. 화물차의 엔진 소리가 희미해졌다. 회전하던 불빛은 어둠에 자리를 내주었다. 이윽고 밤에 들판에서 나는 익숙한 소리들, 귀뚜라미 울음소리와 멀리서 들리는 개 짖는 소리가 주변을 가득 메웠다.

"파업에 참가한 인부들과 관련된 문제가 아니야."

"내 생각에도 그런 것 같군."

"이런! 이쪽으로 와보게. 저기에 샛길이 있어."

프레데가 출입 금지 구역으로 통하는 샛길을 찾아냈고, 두 사람은 샛길을 따라가 버려진 비행기 밑에 닿았다.

"예감이 안 좋아."

프레데가 회중전등을 켜며 중얼거렸다.

프레데는 땅에 생긴 발자국과 타이어 자국을 회중전등으로 비추었다. 스모그가 비행기 트랩을 가리켰다. 두 사람은 트랩을 올라가 비행기 안을 둘러보았고, 누군가가 그곳을 거처로 쓰고 있다는 것을 눈치챘다. 방들이 있었고 침대도 있었다. 옷들도 있었다. 노란 거실, 식당, 주방 그리고 젖병들도.

"젖병에 우유가 담겨 있어."

프레데가 말했다.

"그렇군. 경찰들이 자네의 농장에서 우유를 가져가는 여자아이를 붙잡아 간 게 아닌지 걱정돼."

스모그가 대꾸했다.

"그 여자아이는 혼자 사는 게 아니었어. 아기가 하나 있었어."

프레데가 중얼거렸다.

두 사람은 아이들이 비축해놓은 식료품과 노란 거실에 쌓여 있는 신문과 잡지, 책 더미를 발견했다.

"이것 좀 보게!"

조드의 공책을 펼쳐본 스모그가 외쳤다.

"조드 로델."

프레데가 읽었다.

스모그가 또 한 권의 공책을 펼치고는 말했다.

"여기도 글자들이 적혀 있네! 여백에 다른 이름도 적혀 있고."

"놀란…… 그렇다면 한 가족이 여기에 살았나? 경찰들은 가족은 체포하지 않는데."

"내 생각엔 아이들끼리 산 것 같아."

스모그가 말했다.

프레데가 걱정스러운 어조로 중얼거렸다.

"아무래도 경찰들이 우리 농장에 오는 여자아이를 체포해 간 것 같네. 자네도 알다시피, 그 여자아이는 우리가 편지를 보낸 이후에도 계속 먹을 것을 구하러 오지 않았나. 그래서 비르질리아와 나는 기분이 좋았지. 언젠가는 그 아이를 만나볼 수 있기를 정말로 바랐어."

"이 아이들이 어디로 끌려갔는지 알아봐야겠네. 상황으로 볼 땐……."

그때 프레데가 말했다.

"일단 이곳을 떠나세."

두 사람은 이리엘이 프레데의 농장에 올 때 자주 지나다니던 길을 통해 돌아갔다. 프레데는 조드와 놀란의 공책을 겨드랑이에 끼고 있었다.

23

경찰들은 어느 오래된 건물로 이리엘과 놀란을 데려갔다. 건물 벽에는 크고 깊은 균열들이 생겨 있었고, 달빛 덕분에 공간의 일부가 드러나 보였다. 철책이 둘린 널따란 뜰 너머에 다른 건물 세 채가 언뜻 보였다. 그 뒤쪽으로는 정원수들의 높다랗고 시커먼 윤곽이 하늘을 배경으로 뚜렷이 드러나 있었다. 그리고 조금 더 높은 철책이 그 구역을 둘러싸고 있었다. 이리엘의 눈에는 이 모든 것이 하나도 보이지 않았다. 하지만 놀란은 아주 세세한 것까지 열심히 눈에 익혀두었다. 하수도 안에서 살 때 위험에 맞서느라 몸에 밴 습관이었다. 이 습관 덕분에 여러 번 목숨을 건졌다. 주변 사물을 열심히 관찰해둔 덕분에 지나 온 길과 공간을 기억해낼 수 있었다.

여자 두 명과 남자 두 명이 건물 입구로 이리엘과 놀란을 데리러 왔다. 그들은 이리엘과 놀란에게 따라오라고 하고는 앞장서서 걸었다. 경찰들은 곧바로 떠나버렸다. 두 아이가 귀찮은 짐덩이라도 되는 듯 홀가분해진 표정이었다.

두 여자가 열린 문 앞에서 걸음을 멈추고는 이리엘에게 들어가라고 손짓했다.

이리엘은 문가에 선 채로 놀란을 턱으로 가리키며 거칠게 물었다.

"그럼 얘는 어디로 가는데요?"

"남자아이들 건물로. 너희는 쉬는 시간이나 구내식당에서 만날 수 있을 거야. 같은 반이 되면 교실에서 만날 수도 있고."

이리엘이 놀란을 바라보았다. 놀란은 별 반응이 없었다. 하지만 눈에는 확고한 결심의 빛이 서려 있었다. 여기에 오는 동안 말한 것처럼 온순하게 굴고, 둘이 약속한 것을 잘 지키라고 이리엘에게 당부하는 듯했다. 이리엘은 여자들을 따라 문 안으로 들어갔다. 여자들은 야등 두 개가 켜진 긴 복도를 걸어가 작은 방 안으로 다시 들어갔다.

두 여자 중 한 명이 이리엘을 책상 앞 의자에 앉히고는 맞은편에 있는 의자에 앉았다. 다른 여자는 방문을 닫고 이리엘 뒤에 서 있었다.

"내 이름은 말타야. 네 뒤에 있는 사람은 발리이고. 뭐, 우리의 이름 같은 건 별로 중요하지 않아. 우린 이곳의 안내원일 뿐이니까. 이제 네 서류를 작성하고, 지능검사와 지식 검사를 하고, 그

결과에 따라 진로지도를 할 거야. 이름이 뭐니?"

"이리엘."

"성도 말해."

"로델."

"나이는?"

"열일곱 살."

"하수도에서 왔니?"

"네."

"거기서 오래 살았니?"

"아뇨."

"너랑 같이 온 남자아이와는 사귀는 사이니?"

"네?"

"너희 둘이 애인 사이냐고."

"아뇨. 그 애는 내 사촌이에요."

"이미 가졌니?"

"뭘요?"

"성관계 말이야."

"아뇨."

이리엘은 마음속에 끓어오르는 분노를 애써 가라앉히며 간신히 대답했다.

"그건 확인해볼 거야. 너희를 붙잡아 올 때 너희와 함께 있던 어린애들은 누구니?"

"내 남동생과 여동생이에요."

이리엘은 잠시 망설이다가 여자에게 물었다.

"그 애들은 어디로 가죠?"

"유아 구역으로. 둘 중 더 큰 아이가 여섯 살이 넘지 않았다면."

"그 애는 아직 여섯 살이 안 되었어요."

이리엘은 조드가 자기의 진짜 나이를 말하지 않기를 바라며 거짓말을 했다.

"그럼 그 애들은 같은 곳에 있게 될 거야. 너 글 읽을 줄 아니?"

"네, 조금요."

이리엘은 또 거짓말을 했다.

여자가 서랍 하나를 열더니 종이 몇 장을 꺼냈다.

"이 아이의 수갑을 풀어줘."

여자가 이리엘 뒤에 서 있는 여자에게 말했다.

그러자 이름이 발리라고 했던 그 여자가 이리엘을 일으켜 세운 뒤, 짤그랑거리는 소리를 내며 수갑을 풀어줬다. 두 손이 자유로워지자 이리엘은 안도감을 느꼈다. 이리엘은 두 팔을 쭉 편 다음 손목을 문질렀다.

"이 질문지의 문제들에 답을 적어. 페이지를 넘겨가면서. 그걸 보고 네가 학교에 다닐 수 있는지, 다닌다면 어느 반으로 갈지 결정할 거야."

말타라는 여자가 말했다.

이리엘은 앞에 놓인 종이에 눈길을 던졌다. 종이의 절반 정도에 글이 적혀 있고, 그 밑에 질문들이 있었다. 그것을 보니 학교 다닐 때 시험 보던 일이 떠올랐다. 이제는 지나간 옛날 일이었다……. 옛날 일을 생각하자 슬픔의 덩어리가 목구멍 속에 생겨나 질식할 것처럼 목을 조여왔다. 이리엘은 자꾸만 차오르는 흐느낌을 애써 억눌렀다. 그리고 종이에 적힌 글에 정신을 집중했다. 간단한 글이 었다. 이리엘은 놀란과 같은 반으로 가기 위해 놀란이 할 만한 답변들을 써넣기로 마음먹었다. 이리엘은 놀란의 읽기와 쓰기 수준을 알고 있었다. 놀란과 같은 반에 배정되려면 실력을 숨겨야 했다. 이리엘은 놀란이 표시할 만한 칸에 표시를 하면서 질문지에 답변을 채워 넣었다. 베껴야 할 문장의 글자들도 또박또박 적어나 갔다. 글자를 배운 지 얼마 안 되는 것처럼 공을 들여 천천히 손을 놀렸다. 답변을 다 채워 넣자 말타에게 질문지를 제출했다.

말타가 정답의 개수를 헤아렸다.

"잘했다. 실력이 그리 나쁘지 않구나. 너를 학교에 다니게 해주 마. 오늘은 일단 발리를 따라 공동 침실로 가서 자거라. 내일 신체 검사를 한 후에 네가 속한 반에 데려다 줄 테니."

"자, 그만 가봐."

말타는 발리에게 말한 뒤, 이리엘에게는 잘 가라는 인사조차 하지 않고 방을 떠났다.

24

발리가 공동 침실의 문을 천천히 열었다. 야등 하나가 켜져 있어서 침대들이 두 줄로 놓여 있는 기다란 방 안을 분간할 수 있었다. 안내원 발리는 문 가까이에 있는 빈 침대 하나를 가리킨 뒤, 이리엘을 다시 복도로 데리고 나왔다.

"가서 옷을 벗고 베개 위에 있는 잠옷으로 갈아입은 뒤 네 옷은 나에게 가져와. 내일 네 치수에 맞는 제복을 받을 거야."

"고마워요."

이리엘이 작은 소리로 말했다.

발리가 한 손으로 이리엘의 빨간 머리를 쓰다듬었다. 그 몸짓에는 연민이 가득했다.

발리가 이리엘에게 말했다.

"너는 하수도에서 온 다른 부랑아들과 다르구나. 보통 그 아이들은 우리에게 욕설을 퍼붓고, 검사도 받지 않겠다고 거부하거든. 도망치려고도 하지. 어떤 아이들은 정말 짐승 같고 말도 이상하게 해. 하지만 너는 그렇지 않아."

"네, 그래요."

이리엘이 대답했다.

"여기 들어온 아이들 중 너처럼 슬픔이 가득한 아이는 한 번도 본 적이 없어. 대개는 증오가 가득하지. 아마도 네 남동생과 여동생 때문인 것 같구나. 그렇지 않니?"

발리가 친절한 태도를 보였지만 이리엘은 경계했다. 그러나 잘 하면 조드와 모이자가 간 곳에 대해 더 많은 정보를 얻어낼 수 있을 것 같았다.

"맞아요."

이리엘이 대답했다.

"넌 그 애들을 몹시 사랑하는구나."

이리엘은 고개를 끄덕여 그렇다고 대답했다.

"큰 남자아이도 그러니?"

"네, 우리는 사촌 간이니까……. 그런데 조드와 모이자는 어디로 간 거예요?"

"어린애들 말이니? 말타가 그 애들은 유아 구역으로 갔다고 말했잖아."

"거기가 어딘데요? 여기서 멀어요?"

"아니. 여기와 같은 울타리 안에 있어. 가장 남쪽에 있는 건물이지. 안쪽 철책 건너편에 있고 벽화로 장식되어 있단다. 뜰에서 그곳이 보일 거야."

"내 사촌은요?"

"그 애가 어떻게 될지는 나도 잘 몰라. 그 애가 제출한 질문지를 보고 학교에 다닐 수 있다고 판단되면 학교에 다닐 거야. 하지만 그렇지 않다면……."

발리가 말을 하다 그쳤다.

"그렇지 않다면요?"

이리엘이 재우쳐 물었다.

"그렇지 않다면 다른 제안을 받을 거야."

말을 마친 발리는 이리엘을 공동 침실 안으로 밀면서 상냥하게 말했다.

"자, 이제 그만 가서 잠옷으로 갈아입어. 난 여기서 네가 옷을 가져오길 기다릴 테니까."

이리엘은 여자아이들이 모두 자는지 확인하기 위해 공동 침실 안을 들여다보았다. 그런 다음 공동 침실로 들어가 옷을 벗고 잠옷으로 갈아입은 뒤, 다시 복도로 나가 벗은 옷을 발리에게 건네주었다.

"이 옷은 나중에 다시 돌려주나요?"

"아니, 돌려주지 않을 거야. 너는 다른 아이들처럼 늘 제복을 입어야 해. 여기는 여자아이들 구역이고, 이곳을 관리하는 사람들도 모두 여자야. 교실에서 만나는 선생님을 제외하고는 말이야. 그럼 잘 있어, 이리엘."

발리가 대답했다.

발리는 몇 걸음 걸어가다가 다시 돌아와 이리엘에게 말했다.

"절대 반항하지 마. 여기서 반항하는 아이는 어떤 동정도 받지 못하니까."

목소리가 너무 작아서 제대로 알아들은 건지 알 수 없었다.

말을 마친 발리는 뒤도 돌아보지 않고 가버렸다. 이리엘은 잠시 복도에 가만히 서 있었다. 마음이 몹시 무거웠고, 도망치고픈 생각이 간절했다.

조드와 모이자와 놀란을 다시 만나야 했다. 그 아이들과 헤어져 있으니 죽을 것만 같았다. 이제부터는 괴롭고 힘든 생활이 이어질 터였다. 이리엘은 어두운 복도 구석에서 오랫동안 울다가 자기 몫으로 배정된 침대 안으로 들어갔다.

"너 코골지 마."

누군가가 거친 목소리로 말했다.

이리엘은 그 목소리가 어디서 들려오는지 알아내려고 몸을 일으켜 앉았다. 이리엘 양옆 침대의 두 여자아이는 주먹을 꼭 쥔 채 잠들어 있었다. 이리엘은 다시 침대에 누웠다.

"안 그러면 네 그 새침한 입에 주먹을 날려줄 테니."

거칠고 위협적인 목소리가 계속 말했다.

이리엘은 하수도 아이들의 말투를 흉내 내 대꾸했다.

"난 오늘 저녁까지도 하수도에 있었어. 그런데 나한테 그런 식으로 말하다니 놀라 자빠지겠다."

이곳의 여자아이들이 모두 하수도에서 왔다면, 자신이 아무도 무서워하지 않는다는 것을 보여주어야 했다. 하수도에 사는 부랑아들은 자기들을 무서워하는 아이를 제일 먼저 공격하니까. 전에 놀란이 하수도 생활에 대해 이야기하면서 그렇게 알려주었다.

"그래, 알았으니까 지금은 일단 잠이나 자. 내일 네 입을 손봐줄게."

누구인지 알 수 없는 목소리가 말했다.

"내 입을 손봐준다고? 너 대체 누구야?"

이리엘이 호전적인 말투로 말하려고 애쓰며 물었다.

한동안 침묵이 흘렀다. 여자아이는 뭐라고 대답할지 망설이는 것 같았다.

"난 샬라야야. 너는?"

"이리엘."

"라 푸브한테 들키기 전에 잠이나 자."

"알았어."

다시 침묵이 이어졌다. 기묘하고 완전무결한 침묵, 비현실적인 침묵이었다. 이리엘은 주변에서 나는 숨소리를 들어보려고 했다.

그러나 자고 있는 여자아이들에게서는 숨소리가 전혀 들리지 않았다. 갑자기 이 여자아이들이 모두 샬라야와 나눈 대화를 들은 것이 아닌가 하는 생각이 들었다. 침묵은 어두운 공간을 꽉 채우며 계속 이어졌다. 그때, 문손잡이 돌아가는 소리가 들렸다. 잠시 후, 마룻바닥이 삐걱거리더니 누군가가 걸어왔다. 그리고 다시 침묵이, 긴장감과 기대감을 갖게 하는 침묵이 흘렀다. 마룻바닥 삐걱거리는 소리가 한 침대에서 다른 침대로 옮겨 갔다. 그림자 하나가 어른거리면서 잠든 여자아이들 위로 숙여지는 모습이 보였다. 이리엘은 눈을 감고 잠든 것처럼 깊고 느긋하게 숨 쉬려고 애썼다. 그림자는 다른 여자아이들보다 이리엘 위에 더 오랫동안 숙여져 있었다. 이리엘은 눈을 깜박이지 않으려고 노력했다. 이윽고 그림자가 거두어지고 발소리가 멀어져갔다. 마룻바닥이 마지막으로 한 번 더 삐걱거렸다. 문손잡이 돌아가는 소리가 또 한 번 났고 다시 침묵이 내려앉았다. 이리엘은 침대 속에서 문 쪽을 바라보았다. 아까 일어난 일들이 이리엘의 눈앞에 다시 펼쳐지는 듯했다. 이리엘은 울지 않으려고 안간힘을 썼다.

"라 푸브야. 멍청하고 더럽고 재수 없는 여자지."

여자아이 하나가 내뱉었다.

"언젠가 저 여자를 끝장낼 거야."

또 다른 여자아이가 부르짖었다.

"그만 입들 다물어."

샬라야가 명령했다.

여자아이들은 하나둘 다시 잠이 들었다. 그러나 이리엘은 오랫동안 깨어서 잠자는 여자아이들의 숨소리에 귀를 기울였다. 이 공동 침실의 분위기를 곰곰이 생각해보았다. 여기서는 샬라야가 대장 같았다. 놀란 덕분에 이리엘은 지하세계 아이들 사이에서 대장이 어떤 존재인지 잘 알고 있었다. 샬라야와 경쟁하느라 쓸데없이 시간을 허비할 생각은 없었다. 되도록이면 샬라야와 친하게 지내며 위험을 피하기로 마음먹었다.

이리엘은 단단히 각오했다. 앞으로 이곳에서 어떤 일이 일어나든, 여기서 나가 놀란과 조드, 모이자를 다시 만나야 한다는 것을 잊지 않겠다고. 그것은 놀란과 이리엘이 여기로 오는 동안 화물차 안에서 약속한 것이기도 했다. 이제부터는 이 약속을 지키기 위해 모든 행동을 조심해야 했다. 이리엘은 이 약속을 절대로 잊지 않겠다고 스스로 맹세한 뒤에야 잠을 청했다.

25

다음 날 아침, 이리엘은 날카로운 소리에 잠에서 깨어났다. 눈을 떠보니 침대를 빙 둘러싼, 이리엘 또래의 여자아이 스무 명 가량이 보였다.

"너 머리카락에 무슨 짓을 한 거야?"

한 여자아이가 성마른 목소리로 물었다.

이리엘은 자기 머리카락을 한 움큼 잡아 눈앞으로 들어 올렸다. 그러고는 곧 안심했다. 혹시 간밤에 누가 머리카락을 잘라버린 건 아닌가 하고 생각했던 것이다.

"아무 짓도 안 했어."

이리엘이 졸린 목소리로 대답했다.

이리엘은 조금씩 잠에서 깨어나 마침내 완전히 정신을 차렸다. 이제 여자아이들의 얼굴이 잘 보였다. 얼굴들이 차례로 또렷해지고 입체감을 띠었다.

"머리카락이 빨갛잖아."

다른 여자아이가 퉁명스러운 어조로 말했다.

"그게 너랑 무슨 상관인데?"

위협을 느낀 이리엘이 응수했다.

"꼭 커다란 당근 같아!"

또 다른 여자아이가 조롱하듯 말했다.

"늙은 호박은 아니고?"

이리엘이 그 여자아이와 똑같은 어조로 대꾸했다.

"야! 너 한번 해보자는 거야, 뭐야!"

큰 키에 몸이 야위고 머리가 아주 짧은 여자아이 하나가 다가
와 위협적인 눈으로 이리엘을 훑어보며 말했다.

"넌 키가 크고 야위어서 꼭 오이 같아."

이리엘이 맞받아쳤다.

여자아이가 주먹을 쥐고 달려들려고 했지만, 샬라야가 제지하
자 몸짓을 멈추었다.

"그 애는 그만 놔주고 라 푸브가 오기 전에 준비들이나 해!"

샬라야가 말했다.

그러자 아이들이 뿔뿔이 흩어졌고, 이리엘의 침대 앞에는 몸집
이 조금 통통한 여자아이 한 명만 남았다. 여자아이는 호감 가는
얼굴을 하고 있었다. 눈이 검고 날카로웠으며, 입가에는 약간의

빈정거림이, 표정에는 단호함이 서려 있었다.

여자아이가 말했다.

"내가 샬라야야."

"난 이리엘이야. 그런데 라 푸브는 누구야?"

"'푸브'는 '쓰레기통(푸벨, Poubelle)'의 줄임말이야. '더 예쁘다
(플뤼 벨, plus belle)'의 줄임말이기도 하고. '푸브'는 그런 뜻이야.
너도 곧 그 여자를 알게 될 거야. 그런데 넌 어떻게 붙잡혀 왔어?"

"슈퍼마켓 주차장에서 물건을 훔치다가. 너는?"

"이 년 전에 상점 진열대에서 물건을 훔치다가 붙잡혀 왔어."

샬라야는 입을 다물고 이리엘을 위아래로 훑어보았다. 그런 다
음 다가와서 이리엘에게 손을 내밀었다. 이리엘은 싫은 기색을 보
이지 않고 그 손을 잡았다.

"내가 이 공동 침실의 '일진'이야. 알았니?"

"알았어."

이리엘이 고개를 끄덕였다.

"공동 침실은 나이에 따라 나뉘어 있어. 하지만 학교는 그렇지
않아. 학교에서는 나이에 상관없이 등급에 따라 반이 나뉘어. 우리
반에는 여덟 살짜리 코흘리개 여자아이도 있어. 상상이 되니? 나는
우리 반에서도 일진이야. 그런데 너, 어느 반으로 가는지 아니?"

"아니, 아직 몰라. 놀란과 같은 반으로 가면 좋겠는데."

"그게 누군데?"

"내 사촌이야."

"이곳을 관리하는 여자들이 그럴 수 있다고 말하던? 만약 그랬다면 순 거짓말이야! 여기서는 여자애들과 남자애들을 절대 섞어놓지 않아!"

"쉬는 시간에는 만날 수 있다던데?"

"그것도 말 안 되는 소리야! 그 여자들이 너를 구워삶으려고 아무 말이나 막 했겠지."

"그럼 남자아이들은 절대로 만날 수 없는 거야?"

"그걸 말이라고 해! 남자애들과 여자애들이 만나면 서로 사귀게 될까 봐 얼마나 감시하는데! 남자아이들은 구내식당에서만 마주칠 수 있어. 같은 식당에서 먹지는 않지만, 배식소가 서로 마주보는 곳에 있어. 남자아이들과 여자아이들이 서로 반대 방향으로 지나가지. 하지만 그냥 마주치기만 할 뿐이야. 서로 이야기를 나눌 수도 없고 아무것도 할 수 없어. 상냥한 표정으로, 아니면 심술궂은 표정으로 서로 쳐다보기만 할 뿐이지. 그건 상대 남자아이가 잘생겼는지 아닌지, 멋진지 아닌지에 달려 있지만."

"샬라야, 옷 입어!"

어떤 여자가 고함치듯 말했다.

"입을 거예요."

샬라야는 뒤도 돌아보지 않고 대꾸한 뒤 이리엘에게 속삭였다.

"나 샤워하러 갈 건데, 나랑 같이 가자."

웬 여자가 공동 침실 문가에 서 있었다. 라 푸브였다.

라 푸브가 말했다.

"이리엘 로델, 네가 입을 옷이다. 와서 가져가. 그리고 샤워하러 가. 그런 다음엔 다른 아이들을 따라 아침 먹으러 가고. 아침 식사가 끝나면 신체검사하러 널 데리러 갈 테니."

이리엘은 일어나서 라 푸브가 내민 옷을 받으러 갔다.

"샬라야가 너를 꼬드기는 것 다 안다. 하지만 샬라야가 시키는 대로 따라 하지 않도록 조심해. 그러면 오히려 괴로워질 테니까!"

라 푸브가 말했다.

라 푸브의 어조는 퉁명스러웠다. 라 푸브는 규율을 지키지 않는 여자아이들을 나쁘게 말하는 것을 꽤나 즐기는 것 같았다. 이리엘은 조드를 생각했다. 만약 조드가 여기에 있다면 틀림없이 이렇게 말했을 것이다. '저 여자는 아이들 괴롭히는 걸 무척이나 좋아하나 봐.' 하지만 이리엘은 조드의 모습을 즉시 머릿속에서 쫓아내고 현실로 돌아왔다. 라 푸브는 중간 키에 몸집이 가냘픈 여자였다. 표정과 말투, 움직이는 모습을 빼놓으면 꽤나 예쁘게 보였을 것이다. 하지만 얼굴에 표정이 새겨지고, 말을 하고, 몸을 움직이기 시작하면 예뻐 보이던 느낌은 온데간데없이 사라지고 마는 것이었다. 몸에서는 진한 땀 냄새가 풍겼다. 그 여자의 별명이 절로 이해되었다.

"어서 해!"

라 푸브가 고함을 쳤다. 이리엘이 서두르지 않는다고 생각하는 것 같았다.

욕실에서 이리엘은 머리를 감고 있는 키 크고 야윈 여자아이와 마주쳤다.

여자아이가 말했다.

"당근아, 여기엔 헤어드라이어가 없으니까, 네 빨간 머리를 알아서 말려야 할 거야!"

그러자 열 개의 샤워부스 중 하나에서 샬라야가 외쳤다.

"자니나, 네 말 다 들려. 그 애를 가만히 놔두라고 했지! 내 말 못 알아들었어?"

키 크고 야윈 여자아이는 어깨를 으쓱하고는 가버렸다. 이리엘은 머리는 감지 않고 샤워만 했다. 그런 다음 샬라야를 따라 구내식당으로 갔다. 구내식당은 굉장히 넓었다. 여섯 살에서 열여덟 살 사이의 여자아이 백여 명이 열 명씩 무리를 지어 식탁 앞에 앉아 있었다. 모두들 방금 이리엘이 갈아입은 옷과 똑같은 옷을 입고 있었다. 소매가 짧은 블라우스에 발목까지 오는 주름치마, 헐렁한 웃옷에 캔버스 신발이었다. 웃옷에는 이름과 속한 반이 수놓여 있었다. 이리엘은 그것으로 자신이 '심화 1반'이라는 것을 알았다.

이리엘은 공동 침실의 일진 샬라야 옆에 앉았다. 그 식탁에서는 여덟 명의 여자아이들이 조용히 아침을 먹고 있었다.

샬라야가 말했다.

"너 '심화 1반'이구나. 나랑 같은 반은 아니야. 나는 '읽기 2반'
이거든. 심화반이면 읽기를 꽤 잘하겠네. '심화 1반' 밑에 두 반이
더 있어. 열심히 공부해서 좋은 성적을 받아야 해. 그러지 않으면
널 '노동자 반'으로 보낼 테니까. 저녁마다 두 시간 반씩 공부해야
하고. 이곳 사람들이 그런 숙제를 줬거든! 빌어먹을, 이 모든 게
우리를 함정에 빠뜨리기 위한 수작이야."

"그런데 모두들 똑같은 옷을 입었네."

이리엘이 말했다.

"이건 하복이야. 한 달 뒤면 동복을 받을 거야. 한 번 이 제복을
입으면 절대 밖으로 나갈 수 없어."

"밖으로 나갈 수 없다고?"

이리엘이 깜짝 놀라며 물었다.

"그래. 밖에 나간다 해도 금방 눈에 띌 거야. 밖에는 이런 옷을
입은 여자아이들이 많지 않으니까."

샬라야는 이리엘이 대꾸할 틈도 주지 않고 무슨 영감이라도 받
은 것처럼 덧붙여 말했다.

"너 튈 생각 없지?"

"도망친다는 뜻이야?"

"그래. 튈 생각 있어?"

이리엘은 잠깐 망설인 뒤 대답했다.

"아니."

"그래, 어차피 그건 불가능해. 나도 시도해봤지만 소용없었어. 여긴 감옥이나 다름없어."

그때 감시인이 신체검사를 위해 이리엘을 데리러 왔다.

이리엘이 일어나 감시인을 따라가려고 하자, 샬라야가 이리엘의 귀에 대고 말했다.

"신체검사 해주는 여자들도 믿지 마."

26

이리엘은 감시인을 따라 작은 방으로 들어갔다. 방에서는 여자 두 명이 이리엘을 기다리고 있었다.

여자들 중 하나가 말했다.

"나는 의사다. 옷을 벗고 체중계 위에 올라가거라. 간호사가 네 체중을 잴 거야."

간호사가 이리엘의 체중과 키를 쟀다. 시력과 청력검사도 했다. 폐활량을 재고, 엑스레이 사진을 찍고, 혈액도 채취했다. 마지막으로 탁자 위에 이리엘을 눕히고 심장박동, 반사 반응, 산부인과 검사도 했다.

"다행이네. 임신 위험은 전혀 없어. 이 아이는 처녀야. 이 또래의 지하세계 여자아이에게는 드문 일이지."

산부인과 검사를 마친 뒤 여의사가 말했다.

"이제 옷을 다시 입어라. 간호사가 너를 사감에게 데려다줄 테니."

이리엘은 재빨리 제복을 다시 입었다. 이 방에서 당장 나가고 싶었다. 자기 몸을 마음대로 다룬 이 여의사를 죽이고 싶었다. 하지만 그런 생각을 들켜서는 안 되었다.

이리엘은 한마디도 하지 않고 방을 나서 간호사를 따라갔다.

간호사가 이리엘을 사감의 사무실로 밀어 넣으며 말했다.

"새로 온 아이를 데려왔습니다."

"안녕하세요."

이리엘이 말했다.

"안녕."

젊은 여자가 들여다보던 서류에서 고개를 들면서 대답했다.

이리엘은 여자가 들여다보던 서류가 자신의 서류인지 어떤지 궁금했다. 하지만 서류 윗부분에 적힌 이름이 잘 보이지 않았다. 사감이 의자에서 일어나 이리엘에게 물건 몇 가지를 건네주었다.

"서류 정리함 두 개, 종이, 그리고 상자 하나야. 책은 교실에 있어. 거기서 공부를 할 거야. 여기서는 수업을 들으러 이리저리 돌아다니지 않아. 그러니 이 물건들은 네 책상 안에 넣어둬. 자, 이제 나를 따라와. 네 교실을 알려줄 테니."

사감은 이미 사무실을 나서 몇 걸음 떨어진 곳에 있는 교실 문을 두드리고 있었다. 사감은 대답을 기다리지 않고 교실 안으로 들어갔다.

"새로 온 아이를 데려왔어요."

사감이 말했다.

사감은 이리엘을 교실 안에 밀어 넣고는 문을 닫았다.

교실에 들어간 이리엘의 눈에는 두 가지만 보였다. 선생님과 공동 침실에서 봤던 키 크고 야윈 여자아이 자니나였다. 선생님은 우스꽝스러운 작은 안경을 코끝에 걸친 싹싹한 얼굴의 남자였다. 자니나는 만족스러운 미소를 띤 채 이리엘을 보고 있었다.

선생님이 이리엘에게 자니나 옆의 빈자리에 가서 앉으라고 했다. 이리엘은 마지못해 자리에 가서 앉았다.

이리엘이 자리에 앉자 자니나가 중얼거렸다.

"여기서는 내가 일진이야."

이리엘이 아무 대꾸도 하지 않자, 자니나가 거듭 말했다.

"알았어?"

"알았어."

"이제 쓰기 책 203쪽을 펼쳐라. 네 책상 속에 책이 있을 거다."

선생님이 이리엘에게 말했다.

이리엘이 책을 꺼내는 동안 선생님이 덧붙여 말했다.

"우리는 그 부분을 읽고 있었다. 네 등급을 확인해야 하니 우선 둘째 문단부터 읽어봐."

자니나가 빈정대는 표정으로 이리엘을 위아래로 훑어보았다. 이리엘은 자니나를 무시하려고 했다. 하지만 옆에 있는 자니나의 존재를 아무래도 참기 힘들었다. 이리엘은 자니나와 싸우느라 시간을 헛되이 보내고 싶지 않았다. 자니나에게서 벗어날 수 있는 좋은 방법이 머릿속에 떠올랐다. 이리엘의 실력이 이 반에 들어오기 전에 치른 검사 결과와 일치하지 않는다면 반을 바꿔줄지도 몰랐다. 시도해볼 가치가 있는 일이었다.

"어서."

작은 안경 너머로 이리엘을 바라보던 선생님이 재촉했다.

이리엘은 또렷하고 낭랑한 목소리로 책을 읽었다. 선생님은 이리엘이 한 장(章) 전체를 읽도록 내버려두었다. 그런 다음 독해 문제 몇 가지를 묻고는 이 글에 대해 생각하는 것을 말해보라고 했다. 이리엘은 길게 대답했고 공을 들여 논거를 제시했다. 답변을 마친 이리엘은 옆에 앉은 자니나에게 눈길을 던졌다. 이 일을 계기로 선생님이 자신을 다른 반으로 보내주길 바랐다. 그러지 않으면 일 년이 괴로울 터였다. 자니나가 검은 눈으로 이리엘을 쏘아보았다.

작은 안경을 낀 선생님은 이리엘에게 아무 말도 하지 않았고, 수업은 계속되었다. 수업이 끝나자 선생님은 가방 안에 자기 소지품을 정리해 넣은 뒤 이리엘을 불러 자기를 따라오라고 했다. 선생님은 이리엘을 사감에게 다시 데려갔다. 새로 온 학생의 반 배정이 잘못된 것 같으니 다시 검사를 해보는 게 좋겠다고 말했다.

"이 아이는 읽기가 완벽하고 논증에도 우수한 능력을 갖고 있

습니다. 교양도 뛰어나고요. 이 아이는 '심화 1반'에는 맞지 않는
것 같습니다."

선생님이 설명했다.

이리엘은 다시 검사를 받았다. 자니나에게서 벗어나고 싶기도
했지만 이곳에서 도망칠 방법을 곰곰이 생각해볼 시간도 필요했
다. 그래서 이리엘은 힘들게 공부해야 할 만큼 높은 등급이 나오
지 않도록 답변을 적당히 조절했다. 정오경에 새로운 검사가 끝났
고 처음보다 좋은 점수가 나왔다. 사감은 전날 이리엘이 피곤해서
시험을 잘못 보았다고 생각하고, 이번 검사 결과를 바탕으로 반을
다시 배정하기로 했다.

사감은 'DFPU 반'으로 가게 될 거라고 이리엘에게 말한 뒤, 구
내식당으로 가서 점심을 먹으라고 했다.

이리엘은 뛰어갔다. 한시바삐 놀란을 만나고 싶었다. 행여라도
늦게 도착해 놀란을 놓칠까 겁이 났다. 이리엘은 거의 일등으로
구내식당에 도착했다. 다른 여자아이들은 아직 나오지 않았고 남
자아이들 역시 한 명도 없었다.

이리엘은 배식소에서 가까운 식탁에 앉았다. 얼마 지나지 않아
샬라야가 와서 합류했다. 이리엘은 오전에 있었던 일을 샬라야에
게 이야기해주었다. 샬라야는 이리엘의 이야기를 듣고는 와하하
하 웃었다.

"잘했어. 자니나는 정말 고약한 애야! 그런 애가 일진이라니,

그 반 애들 정말 짜증 나겠다. 난 자나나 같은 애하고는 달라. 나한테 정직하게만 군다면 과대하게 대해주지."

"관대하게."

샬라야가 한 말을 바로잡아주지 않을 수 없었다.

"내가 말한 게 바로 그거야!"

"그래."

이리엘이 동의했다.

"물론 일진은 카리스마가 있어야 해. 필요할 땐 엄격하게 굴어야 하지. 하지만 그렇지 않을 땐 친절해야 돼. 그래야 애들에게 사랑받지. 안 그래?"

"물론이지."

"그런데 네가 새로 가게 될 반은 어디야?"

"DFPU 반."

이리엘이 대답했다.

"DFPU 반! 이것 봐라, 최상위 반이네!"

"잘 모르겠어. 그런데 DFPU가 무슨 뜻이야?"

"대학 준비 과정(Diplôme Final Pré-Universitaire)의 줄임말이야. 대학 준비 과정반은 마지막 학년이야! 일 년 동안 그 반에서 공부하고 시험에 통과하면, 여기서 나가 대학교에 가는 거지."

"대학교?"

"돈 잘 버는 중요한 사람이 되기 위한 상급 학교야."

이리엘은 관심 없다는 듯 코를 찡그렸다.

"자, 이제 네 사촌을 찾아봐."

샬라야가 말했다. 이리엘의 눈길은 배식을 받기 위해 기다리는 남자아이들의 줄을 향해 있었다.

"저기 있어!"

이리엘이 놀란을 찾아내고 기뻐했다. 이리엘은 자리에서 일어나 손을 흔들어 놀란에게 신호를 보냈다. 그러자 샬라야가 얼른 이리엘의 팔을 붙잡아 다시 자리에 앉혔다.

"너 돌았어? 감시인들의 눈에 띄면 큰일 나!"

"그럼 어떻게 해야 돼? 놀란이 나를 봐야 하는데."

"내가 사고 좀 쳐볼게. 그러면 나에게 주의가 쏠릴 거야. 너는 그 틈을 타서 저 애에게 요령껏 신호를 보내봐."

샬라야는 말을 마치기도 전에 자기 식판을 팔꿈치로 툭 쳤다. 식판이 요란한 소리를 내며 바닥에 떨어졌다.

"에잇! 빌어먹을!"

샬라야가 큰 소리로 외쳤다.

곧바로 감시인 한 명이 뛰어와 샬라야의 어깨를 붙잡았다.

"바닥에 떨어진 음식을 주워 담고 깨끗이 치워. 그런 다음 밖으로 나가!"

주변에 있던 아이들이 모두 이리엘과 샬라야가 있는 쪽을 바라보았다. 식당 네 구석에 서 있던 감시인들도 두 여자아이 쪽으로 천천히 다가왔다.

배식소 앞에서 천천히 걸음을 옮기던 여자아이와 남자아이들도 걸음을 멈추었다. 이리엘은 진저리나는 표정으로 뒷걸음쳤다. 그런 다음 놀란을 응시했다. 놀란도 무슨 일이 일어났는지 보려고 애쓰고 있었다. 마침내 놀란이 이리엘을 알아보았다. 이리엘은 놀란이 자기를 확실히 봤는지 알기 위해 손짓을 했다. 그러자 놀란이 작은 몸짓으로 이리엘의 신호에 답했다. 이리엘은 왼쪽 손바닥을 펴고 오른손으로 그 위에 글씨 쓰는 시늉을 했다. 그러고는 자기 포크를 집어 배식소 한쪽에 있는 포크 통을 조심스럽게 가리켰다. 포크 통은 남자아이들과 여자아이들이 공동으로 쓰는 유일한 물건이었다. 이리엘은 쪽지를 써서 포크 통 밑에 슬쩍 밀어 넣으라고 신호를 보낸 것이다. 놀란이 이리엘의 신호를 알아들었다는 표시로 고개를 끄덕였다. 배식소 앞의 줄이 다시 움직이기 시작했다. 샬라야는 바닥에 떨어진 음식을 주워 담고 주변을 치운 뒤 밖으로 나갔다. 이리엘은 자기 식판을 들고 구내식당의 자리에 앉아 감시인들이 제자리로 돌아가기를 기다렸다. 주머니에 넣을 수 없는 퓌레와 샐러드는 먹고, 네 겹으로 접힌 햄 한 장, 빵 두 조각, 요구르트는 조심스럽게 주머니에 넣었다. 그런 다음 구내식당을 나와 샬라야를 찾으러 갔다.

샬라야는 여자아이들 구역 뜰 쪽으로 난 층계참에 앉아 있었다. 이리엘은 샬라야 옆에 가서 앉았다.

"근처에 조용히 얘기할 곳 있어?"

이리엘이 물었다.

"울타리와 담벼락 사이로 가자. 거기가 내 아지트야."

"너 먹으라고 주머니 속에 음식을 좀 챙겨 왔어. 빵과 햄, 요구르트야."

"너 생각보다 센스가 있구나."

샬라야가 층계참에서 일어나며 말했다.

"너하고 나는 이제 절친이야. 난 처음부터 네가 마음에 들었어. 네 빨간 머리도, 아무것도 두려워하지 않는 성격도! 이제부터 너랑 나는 함께 살고 함께 죽는 거야. 넌 괜찮은 애 같아. 네가 무슨 꿍꿍이를 갖고 있는지는 모르지만, 난 네가 성공할 거라고 믿어. 내가 도와줄게!"

"놀란 없이는 소용없어. 조드와 모이자도."

"아직도 사촌들 얘기야? 대체 뭐가 어떻게 된 건지 전부 이야기해봐."

이리엘은 조금 망설였다. 아직은 샬라야를 경계하고 있었기 때문이다. 샬라야는 이리엘을 도와주었다. 하지만 샬라야는 지하세계 아이였고 공동 침실의 대장이었다. 샬라야가 이리엘의 계획을 방해하지 않는다면 사정을 털어놓아도 상관없다. 하지만 샬라야를 친구로 여기려면 그 이상의 것이 필요했다. 이리엘은 객관적인 관점을 잃지 않았다. 그래서 조드와 모이자가 자기 동생들이고 사촌인 놀란이 대장인 패거리에서 함께 살았다고 이야기를 지어냈다.

"그런데 너는? 너는 여기 오기 전에 어떻게 살았어?"

이야기를 마친 이리엘이 샬라야에게 물었다.

"하수도에서……. 그전 일은 기억나지 않아. 내가 속한 패거리는 여자아이들 패거리였어. 내가 대장이었고. 나는 대장이 체질에 맞아. 그래서 네가 도망치는 걸 도와주려는 거야. 내 도움 없이는 여기서 도망칠 수 없을 거야."

"고마워."

이리엘이 짧게 대답했다.

"그게 대장이 하는 일인데 뭐. 넌 이 비밀을 아무에게도 누설하지 않을 것 같아. 나도 당연히 그럴 거고. 그런데 구체적인 계획이라도 있니?"

"아니. 놀란이 나에게 편지를 보내오길 기다리고 있어."

"아, 그 애를 깜박 잊고 있었네. 어떻게 할지 계획을 세우려면 그 남자아이의 의견이 필요해?"

"응, 그 애는 내 사촌이니까. 그 애 쪽 사정은 어떤지도 알아야 하고."

이리엘이 대답했다.

27

놀란은 잠을 잘 자지 못했다. 밤새도록 혼수상태와 잠 사이에서 오락가락했다. 자는 동안에도 연거푸 악몽을 꾸었다. 이리엘이 죽거나 모이자가 물에 빠져 죽는 악몽, 혹은 조드가 터널 안을 혼자서 방황하는 악몽이었다. 놀란은 화들짝 잠에서 깨어나기도 하고, 불안에 시달리기도 했다. 기상 벨이 울리자 오히려 안도감을 느꼈다.

놀란은 즉시 침대에서 일어났고, 옆 침대에서 일어나던 아이와 맞닥뜨렸다. 깊이를 알 수 없는 커다란 파란 눈을 가진, 놀란 또래의 남자아이였다. 남자아이가 딱딱한 눈길로 놀란을 바라보며 말했다.

"나는 아델이야. 너는?"

"놀란."

"난 요전 날 밤 여기로 잡혀 왔다. 여기 오래 있게 될지는 잘 모르겠어. 어디로 가게 될지도 모르고."

"그렇구나."

놀란이 얼버무리듯 대답했다.

아델은 공격적으로 보이지는 않았지만, 지하세계 아이들이 쓰는 말투를 썼기 때문에 반감이 느껴졌다. 그러나 놀란은 내색하지 않으려고 애썼다.

"너는? 너도 오래 있을 거 아니지? 응?"

아델이 놀란에게 물었다.

"나도 잘 모르겠어."

놀란은 대답을 교묘히 피했다.

"우리 절친이 될 수 있을까? 너 그러고 싶어? 같이 여기서 잽싸게 내빼는 거야."

"그럴까?"

"너도 하수도에서 살았냐?"

"응."

"너 말이 별로 없구나, 안 그래?"

"응."

"그럼 잘 알아둬. 난 말하는 걸 아주 좋아해. 이만하면 눈치챘겠지만!"

아델이 히죽히죽 웃었고, 놀란도 따라 웃었다.

감시인 한 명이 놀란이 입을 제복을 가져왔다. 아델이 냉큼 윗옷의 명찰을 찾아보라고 하며 물었다.

"어느 반이야?"

"읽기 2반."

놀란이 명찰을 보고 읽었다.

"읽기 2반! 너 글 읽을 줄 알아?"

아델이 놀라며 물었다.

아델의 눈 속에 뭔가 묻는 듯한 기색이 스쳐 지나갔다. 그리고 이내 망설이는 표정이 얼굴에 떠올랐다. 그것을 보자 예전에 옌틀란의 패거리에서 함께 지내던 남자아이들이 생각났다. 놀란은 본능적으로 뒷걸음쳤다. 지하세계 아이들 사이에서 글을 읽을 줄 안다는 것은 수상쩍은 일이었다. 아델은 놀란이 글을 읽을 줄 안다는 사실을 어떻게 받아들일 것인가?

아델은 바닥에 침을 한 번 탁 뱉고는 이렇게 말했다.

"나하고는 다르네. 나는 '읽기 1반'이거든. 내가 장담하는데, 읽기는 규칙이 아주 복잡해. 나는 아무것도 이해 못하겠어. 그게 무엇에 쓸모가 있는지도 모르겠고!"

아델은 다시 땅에 침을 뱉었다.

"아무튼 복잡해!"

아델이 되뇌었다.

놀란은 대꾸하지 않았다. 갑자기 아델이 놀란의 윗옷을 붙잡더니 놓아주지 않았다. 글씨를 더 잘 읽어보려는 듯 명찰의 양쪽 끄트머리를 두 손으로 붙들고 있었다.

"맙소사, 여기에 있는 두 단어는 또 뭐냐?"

"놀란 로델."

놀란이 대답했다.

"난 네 이름이 놀란인 줄 알았는데."

"맞아."

"그럼 로델은 뭐야?"

"내 성이야."

"성?"

"그래."

"그게 뭔데?"

"가족이 함께 쓰는 이름."

"너에게 가족이 있어?"

"아델! 놀란! 아직도 샤워하러 가지 않은 거냐?"

감시인이 와서 화를 냈다.

놀란은 한숨을 내쉬었다. 감시인 덕분에 어려운 대답을 피한 것이다. 놀란은 아델을 따라 욕실로 갔다.

"그러니까 너한테 가족이 있다고?"

아델이 자기 샤워 부스에서 큰 소리로 외쳐 물었다.

"나중에 설명해줄게."

놀란은 또 대답을 피했다.

아델은 호기심이 많고 논리적으로 생각하는 아이였다. 샤워를 마친 후 구내식당에서 아델이 또다시 가족에 대해 물었을 때, 놀란은 핫 초콜릿을 마시며 대답을 미루다가 어쩔 수 없이 입을 열었다.

"나에게는 같은 또래의 여자 사촌 하나와 나보다 어린 남자 사촌 동생 하나, 그리고 아직 갓난아이인 여자 사촌동생이 하나 있어."

"여자 사촌? 사촌동생? 그게 뭔데?"

"남동생이랑 여동생은 뭔지 알아?"

"알아. 너 나를 뭘로 보는 거냐?"

"여자 사촌, 사촌동생도 그거랑 비슷해."

놀란은 태연하게 보이려고 애쓰며 설명했다.

"정말 가족이 있는 거 맞구나."

아델이 말했다.

웬 남자아이가 와서 두 아이의 맞은편에 앉았다.

"야, 잘 잤냐?"

남자아이가 아델의 이마에 손을 대고는 빈정대듯 말했다.

"잘 잤어, 대장? 얘는 새로 온 앤데 알아? 이름이 놀란이래."

아델이 대답했다.

"자기소개는 스스로 해야지, 안 그래?"

"나는 놀란이야."

놀란이 말했다.

"나는 드라크. 공동 침실의 대장이야."

"그렇구나."

놀란이 대답했다.

놀란과 아델은 조용히 아침 식사를 마쳤다. 놀란은 아델이 가족에 대한 질문을 다시 하지 않기를 바랐다.

아침 식사를 마치자, 감시인 하나가 놀란을 찾아와 의무실로 데려갔다. 놀란은 거기서 신체검사를 받았다. 그런 다음엔 교실로 보내졌다. 교실에는 놀란보다 어린 남자아이들이 스무 명 가량 있었다. 아이들은 놀란이 온 사실에 그리 흥분하는 것 같지는 않았다. 선생님이 놀란에게 자리를 알려주었다. 놀란은 자리에 가서 앉은 뒤 주변에 호기심 어린 눈길을 던졌다. 교실이었다. 놀란이 학교 교실에 와 있었다! 이리엘은 땅 위에 살 때의 이야기를 하면서 특히 학교 이야기를 많이 해주었다. 하지만 놀란은 학교가 어떤 곳인지 도무지 상상이 되지 않았다. 그런데 지금 놀란이 학교 교실에 앉아 있었다. 주변에 다른 학생들도 있었다. 선생님의 얼굴을 보니 놀란에게 뭔가 말하려는 표정이었다. 선생님이 놀란에게 물었다.

"너, 내 말 들리니? 네가 글을 어느 정도 읽을 줄 아는지 이야기해봐라."

"음……. 저는 오래전부터 글을 읽을 줄 알았어요. 하수도에 처음 갔을 때도 읽을 줄 알았고, 그 뒤에도 잊어버리지 않았어요."

놀란은 거짓말을 했다.

"좋다."

선생님이 잠시 사이를 두고 말했다.

"이제 수업하자! 책 50페이지를 펴라."

오전 시간은 기분 좋게 흘러갔다. 놀란은 이왕 학교에 다니게 되었으니 여기서 도망칠 때까지는 열심히 공부하기로 결심했다. 비행기 안에서 사는 동안 이리엘과 조드 덕분에 앎에 대한 열정이 마음속에 싹텄던 것이다. 이리엘과 조드의 수준에 도달하려면 공부해야 할 것이 많았다.

점심시간이 되자, 아델이 놀란에게 와서 물었다.

"수업 어땠어?"

"괜찮았어."

놀란이 짤막하게 대답했다.

아델이 다시 물었다.

"넌 정확히 언제부터 글을 읽을 줄 알았어?"

"하수도에 가기 전부터."

놀란은 또 거짓말을 했다.

"좋겠다. 난 절대 글 읽기를 배우지 못할 거야."

"내가 도와줄까?"

"그럴 수 있어?"

"안 될 거 뭐 있겠어?"

"네가 도와준다면 나야 좋지. 여기서 읽기를 배우지 못하면 어떻게 되는지 알아?"

"아니."

"열여섯 살이 넘으면 노동시장에 내보내. 너 노동시장이 뭔지 알아?"

"아니."

"사실은 나도 잘 몰라. 그게 뭔지 알고 싶지도 않아. 거기서 뭘 하는지도."

"아마 거기에 가면 일을 할 거야."

놀란이 불현듯 눈치채고는 말했다.

"일하는 게 뭔데?"

"뭔가를 하는 거야. 예를 들어 구내식당을 청소한다든지. 그 대가로 급여를 받고."

"급여를 받는다고? 그게 뭔데?"

"그러니까, 구내식당을 청소한 대가로 돈을 주는 거지."

"우리는 구내식당을 청소해. 하지만 돈을 받지는 않아!"

"내가 예를 잘못 들었나 보네. 아마 너는 학생이기 때문에 급여를 받지 못했을 거야……. 맞아! 구내식당에서 우리가 먹을 음식을 만드는 사람들은 그 일을 하고 급여를 받잖아."

"그 사람들은 학생이 아니니까?"

"그래."

"저기 말이야, 말할 게 있는데, 사실 나는 지금 열여섯 살이야."

"그래? 그게 좋은 건지 어떤지 잘 모르겠네."

놀란이 침착하게 대꾸했다.

"뭐가?"

"열여섯 살이 넘어서 일하는 거."

"너 바보구나. 일을 하면 지금보다 자유로워져. 그러면 나는 하수도로 돌아갈 거야."

그 말을 듣고 놀란은 움찔했다.

"왜? 다시 하수도에서 살고 싶어?"

"넌 안 그래?"

"난 싫어."

놀란이 대답했다.

"왜?"

"항상 목숨이 위험하잖아. 다른 부랑아들, 경찰들……. 넌 그런 생활에 아직도 미련이 있어?"

놀란이 물었다.

"흥, 경찰! 전에는 경찰이 우릴 죽일지도 모른다고 생각했어. 하지만 이젠 그렇지 않다는 걸 알아!"

아델이 웃으며 대답했다.

"다른 부랑아들은?"

"그래, 그 애들은 위험해. 네 말이 맞아."

아델이 웃음을 그치고 말했다.

두 남자아이가 배식소에 이르렀을 때, 여자아이들 구내식당 쪽에서 와글거리는 소리가 들려왔다.

28

새로 배정된 반에서 오후 시간을 보낸 뒤, 이리엘은 자신의 실력이 그 반에 적당하다는 것을 알았다. 마지막 수업이 끝나자, 이리엘의 담임이자 수학 선생님이 이리엘을 교실에 남게 한 뒤 DFPU 반의 좋은 점들을 설명해주었다. 선생님은 나이 많은 남자 선생님으로, 학생들에게 무척 친절하게 대해주었다.

"앞으로 너는 아주 잘할 수 있을 게다. 시험은 너에게는 형식적인 절차일 거야. DFPU 반에서는 상급학교 과정을 준비한단다. 아마 너는 모든 분야를 지망할 수 있을 게다. 네 검사 결과에 따르면, 너는 이과보다는 문과 쪽이다. 하지만 무엇보다 네 의향을 중시해야겠지. 나는 네 진로에 결정권을 행사할 생각은 전혀 없다. 오늘이 겨우 첫 수업이니 말이야! 완벽한 학생이 되려면 앞으로 꼬박 일 년을 공부해야 한단다. 그런 다음에 진로를 결정하게 돼.

두고 보면 알겠지만 말이야……, 너에게는 좋은 기회다. 그렇지 않니?"

선생님이 너무나 친절해서, 이리엘은 적대감을 보이지 않고 공손하게 이야기를 들었다. 이리엘은 선생님을 쳐다보며 천사 같은 미소를 지었고, 선생님은 이리엘의 어깨를 정답게 두드리고는 교실에서 나갔다.

이리엘은 과제들을 날림으로 하지 않으면서도 재빠르게 해치웠다. 그런 다음 책과 공책을 책상 위에 펼쳐놓고 계속 공부하는 척했다. 속으로는 앞으로 어떻게 하면 좋을지 곰곰 생각했다.

저녁이 되자 샬라야와 함께 배식소로 갔다. 샬라야가 재미있는 이야기와 행동으로 다른 아이들을 웃기는 동안, 이리엘은 포크 통을 들어 올리고 네 겹으로 접힌 종이를 찾아내 주머니에 얼른 집어넣었다. 이리엘과 샬라야는 되는대로 허겁지겁 저녁을 먹어치우고 구내식당에서 제일 먼저 나갔다.

구내식당 출입구에서 감시인이 이리엘과 샬라야에게 말했다.

"너희들 저녁을 너무 빨리 먹었어. 그러면 위장에 나빠."

"앞으로 주의할게요."

이리엘이 약속했다.

구내식당에서 나온 이리엘과 샬라야는 울타리와 담벼락 사이에 있는 아지트로 돌진했다. 이리엘이 놀란의 편지를 펼치고 작은 소리로 읽었다.

네가 그리고 편지 네가 좋겠어. 편지를 많이 않으려면 게 함께 하나가 난다고 남자아이들은 기숙학교 그 되는……

"이 횡설수설은 대체 뭐야?"

샬라야가 이리엘의 어깨너머로 놀란의 편지를 들여다보며 물었다.

이리엘은 대답하지 않았다. 끔찍이도 실망스러웠다. 놀란의 편지를 얼마나 목 빠지게 기다렸는데. 이리엘은 자신이 놀란을 얼마나 그리워하는지, 그리고 조드와 모이자와 떨어져 지내는 것이 얼마나 허전하고 쓸쓸한지 새삼 깨달았다. 그 아이들의 빈자리는 돌아가신 부모님의 빈자리와 비슷했다. 이리엘의 쓸쓸함은 한이 없었다. 이리엘은 눈물을 흘리지 않으려고 무척 노력했다. 다행히 샬라야는 이리엘의 마음을 눈치채지 못한 것 같았다. 만일 이리엘이 쓸쓸하고 슬픈 감정을 드러내면, 하수도 생활 말고 다른 것은 알지 못하는 샬라야는 그것을 연약함의 표시로 받아들일 터였다.

이리엘은 놀란의 편지를 다시 읽어보았다. 공을 들여 꾹꾹 눌러 쓴 글씨들을 보니 놀란의 글씨체가 틀림없었다. 이리엘은 마음을 가다듬고 편지 전체를 다시 읽었다. 그러자 편지 내용이 조금씩 이해되었다.

이리엘이 말했다.

"아마 내일 아침 식사 때 편지가 또 올 거야. 내 생각에 놀란은 일부러 편지 내용을 여러 장에 나눠 쓴 것 같아. 여러 장의 편지에 적힌 내용을 조합했을 때 뜻이 통하도록 말이야. 그렇게 하면 다른 사람이 편지를 발견해도 무슨 뜻인지 모를 거 아냐? 누가 보낸 편지인지도, 누구에게 보내는 편지인지도 모를 거야."

"머리 좋네."

샬라야가 대꾸했다.

이리엘이 공동 침실로 향하며 샬라야에게 말했다.

"그만 자러 가는 게 좋겠어. 내일 아침 식사에는 더 빨리 가야 할 테니까."

이리엘은 흥분한 나머지 쉽게 잠들지 못할까 봐 두려웠다. 그러나 체포의 충격이 아직 가시지 않았고 전날 잠을 잘 자지 못해서, 걱정과는 달리 피로감이 몰려왔다. 이리엘은 곧장 잠에 빠져들었다. 악몽과 여러 가지 꿈들로 이루어진 깊은 잠이었다. 꿈속에서 조드가 비행기 안의 침대에서 놀란과 함께 깔깔 웃으며 소란을 피웠다. 조드의 웃음소리 위로 기상 벨 소리가 울려 퍼졌다. 꿈은 산산이 흩어져버렸다. 그러나 낮 동안에도 비행기 안 생활의 감미로운 느낌이 이리엘의 마음속에 오랫동안 남아 있었다.

아침 식사를 하는 동안 이리엘은 침울했다. 배식소의 포크 통 밑에서 아무것도 발견하지 못했던 것이다. 오전 내내 이리엘은 혹시 자신이 발견하지 못한 놀란의 두 번째 편지를 감시인이 대신 찾아내지 않을까 걱정했다. 점심 식사 시간에 드디어 두 번째 편지를 찾아내자, 이리엘은 그야말로 안도감을 느꼈다. 이리엘은 음식을 허겁지겁 삼키고 서둘러 아지트로 갔다. 샬라야도 이리엘을 따라왔다.

잘 내가 두 버리지 이런 보내면 걸리지만, 이렇게 좋아. 지내는 발각되면 나에게 시간이 밖으로 뒤에는 것…….

이리엘은 주머니 안에서 놀란의 첫 번째 편지를 꺼내 샬라야에게 내밀며 말했다.
"너는 이 첫 번째 편지의 단어를 하나씩 읽어. 나는 너랑 번갈아가며 두 번째 편지의 단어를 하나씩 읽을 테니까."
두 여자아이는 번갈아가며 단어를 하나씩 읽었다. 그랬더니 이런 문장이 되었다.

네가 잘 그리고 내가 편지 두 네가 버리지 좋겠어…….

"편지 내용을 세 장으로 나눠 쓴 거야. 오늘 저녁까지 기다려보자."
이리엘은 실망하지 않고 결론 내렸다.
오후에 이리엘은 책상 위에 철학 책을 펼쳐놓은 채 오랫동안 극심한 긴장을 느꼈다. 책에 집중할 수가 없었다. 일 분 일 초가 자신을 조드와 모이자로부터 떼어놓는 것 같았다. 여기서 도망쳐야 했다. 그것이 이리엘의 목표였다. 이 목표 말고는 아무것도 생각할 수 없었다. 하지만 그 목표를 달성하기 위해 필요한 구체적인 계획은 아직 아무것도 없었다. 목표를 실현시킬 방법에 대한 아이디어도 전혀 없었다. 이리엘은 절망하지 않고 뭔가 생각해내려고 노력했다. 일단은 놀란이 보내오는 편지 내용을 제대로 파악해야 했다.

저녁이 되어 이리엘이 배식소에 있는데 놀란이 지나갔다. 두 아이는 실수 없이 편지를 주고받을 수 있도록 요령 있게 행동했다. 놀란이 먼저 배식을 받았고, 이리엘은 놀란이 포크 통 밑에 남겨둔 종이를 얼른 꺼내 주머니에 넣었다. 두 아이는 눈길을 주고받았지만 이야기를 나누지는 않았다. 그런 다음 각자 남자아이들 구내식당과 여자아이들 구내식당으로 멀어져갔다.

"네 사촌 잘생겼다!"

샬라야가 식탁 앞에 앉으며 속삭였다.

"그렇게 생각해? 나는 저 애를 너무 잘 알아서 그런지 잘 모르겠어."

이리엘이 거짓말을 했다.

마침 샬라야는 오늘 저녁 구내식당 청소 담당이었고, 이리엘은 이번 편지와 함께 지난 두 번의 편지 내용을 해독할 때 샬라야가 보지 않게 되어 내심 잘되었다 싶었다.

이리엘은 저녁을 먹은 뒤 샬라야와 헤어지면서 약속했다.

"내가 이따가 공동 침실에서 말해줄게."

종이 한 장과 연필 한 자루를 미리 챙겨 온 이리엘은 울타리 뒤에 숨어 놀란이 보내온 편지 세 장의 내용을 재구성했다. 그리고 그토록 기다리던 내용을 마침내 얻어냈다.

네가 잘 지내기를 그리고 내가 보낸 편지 두 장을 네가 버리지 않았으면 좋겠어. 이런 식으로 편지를 보내면 시간이 많이 걸리지만, 발각되지 않으려면 이렇게 하는 게 좋아. 나와 함께 지내는 아이 하나가 발각되면 큰일 난다고 나에게 말해줬어. 남자아이들은 시간이 지나면 기숙학교 밖으로 쫓겨나고 그 뒤에는 죽게 되는 것 같아. 하지만 그게 사실인지 아닌지 확인할 길은 없어. 차라리 일하는 게 낫다고 말하는 애들도 있어. 난 그게 사실일 거라고 믿어. 내가 주의를 기울이고 있으니 걱정하지 마. 나는 학교에 다닐 거야. 학교에서 공부를 할 거야. 지금으로서는 그게 나에게 도움이 될 거야. 난 항상 그 애들을 생각해. 내가 누구를 말하는지는 너도 잘 알겠지. 네 생각도 해. 배식소에서 너를 보는 게 나에겐 큰 도움이 돼.

네가 여기서 나가고 싶어 하는 거 잘 알아. 나도 너와 함께 나가고 싶어. 그러기로 약속했으니까. 하지만 어떻게? 어떻게 나가지? 우리는 엄하게 감시받고 있는데.

우리는 너무나 잘 지냈던 그곳으로 돌아가지 못할 거야. 다른 데로 갈 거야. 그리고 함께할 거야. 그것도 좋을 거야.

네가 보낼 편지도 암호화해.

편지에 서명은 하지 마. 우린 누가 보낸 건지 알고 있잖아.

이리엘은 편지 내용을 암기했다. 그런 다음 종이 네 장을 아주 잘게 찢어버렸다. 울타리 밑에 구멍을 파고, 편지를 찢어 생긴 종 잇조각의 삼분의 일을 묻었다. 나머지 삼분의 일은 화장실에 던졌고, 마지막으로 남은 삼분의 일은 여러 쓰레기통에 나눠서 버렸다. 그런 다음 공동 침실로 갔다. 이리엘은 침대에 누워 놀란의 편지 내용을 되뇌었다. 놀란은 이곳에서 도망칠 방법을 제안하지 않았을 뿐만 아니라, 여기서 나가는 것이 불가능한 일인 것처럼 말했다. 이리엘은 너무나 낙담해 절망에 빠질 뻔했다. 그러나 다시 기운을 냈다. 여기서 꼭 나가고 싶었다. 그러니 방법을 찾아낼 것이다. 여기서 나가고 말 것이다.

이리엘은 놀란이 쓴 문장들을 되뇌어보았다.

'……난 항상 그 애들을 생각해……. 네 생각도 해. 배식소에서 너를 보는 게 나에겐 큰 도움이 돼……. 우리는 너무나 잘 지냈던 그곳으로 돌아가지 못할 거야. 다른 데로 갈 거야. 그리고 함께할 거야. 그것도 좋을 거야.'

문장들은 마치 달콤한 술 같았다. 이 문장들이 이리엘의 마음속을 따뜻하게 채우고, 체포된 이후 이리엘의 마음속에 생겨나 끊임없이 괴롭히던 빈자리를 채워주었다.

'……다른 데로 갈 거야. 그리고 함께할 거야. 그것도 좋을 거야.'

이리엘은 놀란의 편지 내용을 오랫동안 몇 번이고 떠올리며 마음을 달래다가 천천히 잠에 빠져들었다. 그래서 샬라야가 당번을 마치고 돌아오는 소리를 듣지 못했다.

29

나도 항상 그 애들을 생각해. 그리고 너도……. 나는 다른 여자아이 한 명과 함께 밖으로 나갈 방법을 찾고 있어. 네 쪽에서도 잘 생각해봐. 그리고 좋은 생각이 떠오르면 나에게 말해줘. 친절해 보이는 어떤 여자가 여기서는 절대 반항해선 안 된다고 말했어. 여기서 반항하는 아이는 그 어떤 동정도 받지 못한다고 말이야. 그러니 모든 사람을 경계해. 우리가 다시 함께하게 되길 나는 너무나 바라고 있어.

그래도 여기서 나가 그 애들을 찾아야 해. 될 수 있는 대로 빨리 나에게 편지를 보내줘. 세 번 이어서 보낸 편지 내용이 서로 맞춰지게 해서…….

우리가 여기에 온 지 벌써 이 주일이 지났어. 이젠 여기서 나가지 못할 거라는 느낌이 들어. 오늘 아침에 사감에게 그 애들을 만나러 갈 수 있느냐고 물어봤어. 사감은 그럴 수 있는지 알아보겠다고 했어. 화물차 안에서 약속한 것처럼 우리가 '사촌 사이'라고 말했다면 너도 그 애들을 만나게 해달라고 부탁할 수 있을 거야. 네가 너무나 보고 싶어.

난 네가 보낸 편지를 외워두고 마음이 너무나 슬퍼질 때 되뇌곤 해. 여기서 나갈 방법이 여전히 떠오르지 않아. 우리가 지내는 건물엔 거리를 향해 난 창문이 하나도 없어. 바깥을 향해 난 문들도 주방 문을 제외하고는 밤낮으로 엄격히 감시당해. 주방에 물건을 배달받을 때 쓰는 문이 하나 있어. 그 문이 거리를 향해 나 있는 것 같아. 그런데 우리는 주방에 들어갈 수가 없어. 우리가 과연 여기서 나갈 수 있을지 모르겠어. 아무튼 기다려봐야 할 거야. 네 쪽 사정은 어때?

놀란은 침대에 누웠다. 그리고 눈을 감았다. 놀란 역시 이리엘의 편지들을 외우고 찢어버린 다음 시시때때로 떠올렸다. 편지 내용이 머릿속에 울려 퍼지도록, 그것들을 잊어버리지 않도록 매일 밤 되뇌었다.
계절에 비해 날씨는 아직 따뜻했다. 놀란은 잠을 이루지 못했다. 여기서 도망친다고? 그것은 불가능해 보였다. 말을 잘 듣지 않는 말썽쟁이 아이들조차 도망칠 생각은 하지 않았다. 창문에는 모두 철책이 둘러져 있었다. 게다가 남자아이들 구역은 담벼락이 이중으로 되어 있었다. 놀란이 여기에 온 날 저녁, 남자 두 명이 놀란을 맞이했다. 그 남자들은 이곳의 규칙을 놀란에게 분명하게 말해주었다. 예의 바르게 행동하고, 열심히 공부해 좋은 성적을 내도록 노력할 것. 그러지 않으면 적당한 노동을 하도록 어디론가 보내질 거라는 이야기였다. 공부를 열심히 하면 최상급 과정까지 공부할 수 있고 좋은 직업을 가지게 될 테지만, 그러지 못하면 자칫 사형 판결을 받는 거나 다름없는 처지가 될 거라고 했다. '사형 판결'이라는 말을 듣고 놀란은 무척 놀랐다. 처음에는 그 말을 곧이곧대로 믿었다. 이곳 사람들이 하수도 아이들처럼 사람을 죽인다고 정말로 믿었다. 추방된 아이들이 어떻게 되었는지에 대해 음산한 소문들이 돌았다. 그럼에도 불구하고, 시간이 흐르자 놀란은 그 남자들이 정말로 죽인다고 위협한 게 아니라는 것을 깨달았다. 제대로 공부하지 않으면 내쫓긴다고 위협한 것 뿐이었다. 그것은 사회로 추방된다는 것과 같은 의미였다. 사회로 추방되면 임시직을 전전하다 실직자 무리에 합류하고, 그다음에는 노숙자가 되었다. 놀란 또래 아이들은 다시 지하세계 아이들로 전락했다. 그것은 피해야 할 악순환이었다. 놀란은 그것을 아델에게 이해시키려고 애썼다. 아델은 하수도 생활에 대해 끈질긴 향수를 갖고 있었다.

둘째 날 저녁에 놀란은 아델에게 말했다.

"네가 그 생활에 미련을 갖는 것이 이해가 안 돼. 너는 가족도 없고 여기서 지내는 게 더 낫잖아."

"너도 가족이 없는 거나 다름없잖아."

아델이 말했다.

"있어. 이리엘과 조드와 모이자가 있어."

"지하세계 아이들이 어떤지 잘 알잖아. 그 애들은 벌써 너를 잊어버렸을 거야."

"아니, 그 애들은 달라. 그 애들은 지하세계 아이들이 아니야."

"그 애들은 하수도에서 살았잖아. 그러면 지하세계 아이지."

"아니, 이리엘도 조드도 모이자도 지하세계 아이가 아니야."

놀란이 조용하면서도 확신에 찬 어조로 말했다. 그 어조에 아델은 마음이 흔들렸다.

이후 놀란은 이리엘과 편지를 주고받았고, 마침내 아델도 이리엘이 지하세계 아이들과 다르다는 것을 인정했다.

놀란은 조드와 모이자, 특히 이리엘과 떨어져 이 기숙학교에서 몇 년을 보내고 싶지는 않았다. 그래서 도망칠 방법을 깊이 생각해보았다. 그러면서도 신중하게 행동했고 공부를 소홀히 하지 않았다. 놀란은 배움이 주는 은밀한 행복을 느끼며 열심히 공부했다. 다른 기숙생들과 친숙한 관계를 맺으려고 애쓰지는 않았다. 공동 침실이나 같은 반 친구들과 이야기를 많이 하지도 않았다. 눈 밖에 나서 괴롭힘을 당하지 않을 정도로만 했다. 놀란에게는 아델이 있었다. 그것으로 충분했다. 아델과는 거의 친구가 되었다. 놀란은 아델에게 글 읽는 법을 가르쳐주었다. 그 대가로 아델은 놀란이 다른 아이들과 다르다는 것을 인정했다.

아델은 삶의 대부분을 하수도에서 살았다. 지하세계 아이들 사이에 패싸움이 벌어졌을 때, 아델 패거리의 대장은 나이 많은 아이들 패거리에게 굴복하게 되었다. 아델 패거리의 아이들은 나이 많은 아이들 패거리에 학대받는 처지가 되었다. 아델은 새로운 대장에게 맞아서 생긴 상처 자국들을 놀란에게 보여주었다. 결국 아델은 그 패거리로부터 도망쳐 하수도를 떠났다. 그리고 도시를 벗어나기 위해 기차를 타려다가 역에서 경찰에게 붙잡혔다.

처음에는 견디기 힘들었다. 그러나 조금씩 기숙사 생활에 익숙해졌다. 수업도 숙제도 적성에 맞지 않았다. 하지만 이곳에서는 실컷 먹을 수 있었고 얻어맞는 일도 없었다. 아델은 이곳에서 도망쳐 하수도로 돌아가겠다는 생각을 버렸다.

어느 날 밤, 공동 침실의 불을 끄기 전에 아델이 놀란에게 말했다.

"난 여기서 계속 지낼 거야."

놀란과 아델은 침대에 누워 천장을 바라보고 있었다.

"놀란 네 덕분이야. 네가 나를 도와줬잖아. 나도 네가 도망칠 방법을 찾아내도록 도와줄게. 너는 다른 아이들과 다르니까."

아델은 놀란이 기숙사에서 도망치는 것을 돕기 위해 이리저리 머리를 굴리기 시작했다. 마침내 아델이 결론지었다.

"너도 알겠지만, 여기서 도망칠 수 있는 방법은 전혀 없어. 그러니 바깥으로 외출할 때를 틈타 도망쳐야 할 거야. 크리스마스가 되면 각 반에서 우등생 세 명씩을 선발해 상을 줘. 그 아이들을 밖으로 데리고 나가 특별한 구견거리나 뭐 그런 것을 보여주지."

"구경거리."

"그래, 그거. 구경거리! 그게 뭔지 나한테 묻지는 마. 그건 네가 요령껏 알아내면 되니까. 어차피 난 아무것도 몰라. 아무튼 너는 밖으로 나가는 세 명 안에 들어야 해. 그런 다음에 좋은 방법을 생각해봐. 그것 말고는 가능성이 전혀 없어."

"크리스마스라."

놀란이 중얼거렸다. 크리스마스가 되려면 백 년은 기다려야 할 것 같았다.

놀란은 이 사실을 이리엘에게 알리기 위해 짧은 편지를 썼다. 아마 이리엘도 자기 반에서 3등 안에 들어야 할 것이다. 물론 이리엘은 어렵지 않게 3등 안에 들 테지만, 맙소사, 그 경우 놀란과 이리엘은 각자 도망쳐서 프랭 농장에서 만나야 할 것이다! 놀란은 이리엘이 보내온 답장을 보고 놀라지 않았다.

그런데 우리 중 하나만 그 방법으로 도망칠 수 있을 거야. 그 방법으로는 애들을 함께 데려갈 수 없으니까. 그러니 그 방법은 네가 써. 내 생각엔 너희 남자애들을 우리 여자애들보다 더 엄중히 감시하는 것 같거든.

사 주째의 어느 날 아침, 사감이 놀란을 호출했다. 사감은 특별히 악하지도, 친절하지도 않은 오십 대의 남자였다. 사리판단이 분명하고 지나치게 감정에 휩쓸리지도 않았다. 이 사람이라면 상황에 대해 솔직히 이야기해도 될 것 같았다. 하지만 그날 아침 사감은 난처하다는 표정을 짓고 있었다.

"일전에 네가 부탁한 일 때문에 불렀다."

사감이 입을 열었다.

이리엘처럼, 놀란도 조드와 모이자를 보러 가게 해달라고 사감에게 부탁해두었던 것이다.

"그래도 되죠?"

놀란이 물었다.

"아니, 유감이지만 호의적인 답변을 얻지 못했다."

놀란은 자신의 생활 태도가 좋지 않아서 그런 거냐고 물었다. 그러자 사감은 서류에서 얼굴을 들고 대답했다.

"그런 것은 전혀 아니다. 유아 구역 담당자들이 안 된다고 쐐기를 박았어. 그뿐이다."

"조드나 모이자에게 무슨 일이 일어났군요."

놀란이 불안한 감정과는 상반되는 목소리로 말했다.

"아마 그런 건 아닐 게다."

사감이 회피하며 얼버무렸다.

"혹시 그 애들이 죽었는지, 아니면 어디가 아픈지라도 말해주실 수 없나요?"

"죽지도 않았고 아프지도 않다. 이제 그만 교실로 돌아가거라."

놀란은 더 이상 묻지 않았다. 발각될 위험이 있었지만, 이번에는 암호화하지 않은 편지를 이리엘에게 보냈다. 그리고 이리엘과 같은 시간에 배식소로 갔다. 그날 저녁 이리엘은 놀란에게 자신도 똑같은 대답을 들었다고 답장을 보냈다. 이리엘은 어린 두 아이에게 무슨 일이 일어난 게 틀림없다고 확신하고 있었다.

30

경찰들에게 붙잡히던 날, 조드는 비행기 밖이 소란스러워지더니 비명 소리가 나는 것을 들었다. 조드는 일어나서 자기 방 현창을 통해 밖을 내다보았다. 경찰들, 헤드라이트 불빛, 그리고 수갑을 찬 이리엘과 놀란이 보였다. 조드는 모이자의 침대로 달려가 모이자를 품에 안았다. 경찰들이 이리엘과 놀란을 끌고 가 소형 화물차에 올라타게 했을 때, 조드는 A380 뒤쪽을 통해 도망칠 준비를 하고 있었다. 조드는 모이자를 품에서 놓지 않았다. 밖에서는 이리엘이 절박한 목소리로 조드의 이름을 불렀다. 이 기억을 떠올릴 때마다 기분이 언짢았다. 잠시 후, 경찰들이 조드를 발견해 소형 화물차로 데려갔다. 그러나 그 화물차는 이리엘과 놀란이 탄 화물차가 아니었다.

화물차는 한동안 달려갔다. 차에 창문이 없어서 어디로 가는지 알 수 없었다. 모이자는 오랫동안 울다가 차가 멈추기 직전에 겨우 잠이 들었다. 경찰들은 어느 건물 앞에서 조드를 내리게 했다. 조드는 여전히 모이자를 꼭 끌어안고 있었다. 여자 두 명이 출입구에서 조드와 모이자를 기다리고 있었다. 두 여자 중 하나가 모이자를 건네받으려고 두 팔을 내밀었다. 조드는 말없이 고개를 흔들었다. 그리고 모이자를 보호하기 위해 몸을 돌렸다. 그러자 여자는 더 이상 고집하지 않았다. 두 여자는 작은 방으로 조드를 데리고 가 여러 가지 질문을 퍼부었다. 하지만 조드의 대답은 하나뿐이었다.

"모이자와 함께 있고 싶어요."

여자들 중 하나가 벽장을 열고는 뭔가를 꺼냈다. 다음 순간 조드는 언젠가 말벌에 쏘였을 때처럼 팔이 따끔한 것을 느꼈다. 고개를 돌리자 뾰족한 바늘과 액체가 조금 들어 있는 튜브가 보였다. 이후 일어난 일은 기억나지 않았다. 몇 시간 후, 조드는 커다란 방의 한 침대에서 깨어났다. 방 안에는 침대들이 가득 들어차 있었고, 침대마다 조드 또래의 남자아이들이 자고 있었다. 모이자는 곁에 없었다. 조드는 큰 소리로 모이자를 불렀다. 그 소리를 듣고 자고 있던 아이들이 깨어났다. 남자 어른이 와서 크지는 않지만 냉정한 목소리로 조드에게 말했다.

"입 다물어라. 그러지 않으면 너를 데리고 가 때려줄 테니. 지금껏 맞아본 적이 없다면, 이번 기회에 그게 뭔지 확실히 알게 될 거다."

조드는 이리엘이 여러 번 말했던 주의 사항들을 떠올렸다. 경찰이나 부자 구역 어른들을 만나면 복종하고 협조하는 척해야 했다. 이리엘은 이런 말도 했다.

'그 사람들의 친구가 될 필요는 없어. 하지만 절대 그 사람들에게 의심을 사지 말고 도망칠 방법을 생각해야 해.'

조드는 도망칠 것이다. 모이자를 되찾아 도망칠 것이다. 그때까지는 이리엘이 말한 것처럼 협조하는 척하는 게 이로웠다.

조드가 침착하게 물었다.

"모이자는 어디 있어요?"

"네 여동생은 건물 다른 부분에 위치한 아기들 구역에 있다. 얌전하게 굴면 수업 끝나고 저녁에 여동생을 만나러 가게 해주마."

"알았어요."

조드가 대답했다.

조드는 더 이상 말하지 않고 조용히 잠을 잤다.

아침이 되자 그 남자가 다시 와서 조드를 욕실에 데려가 샤워하는 방법을 알려주었다. 샤워를 마치자, 글 한 편과 질문지를 주고는 답을 적으라고 했다. '굉장히 쉽네.' 조드는 속으로 생각했다. 남자가 제복을 주었다. 제복에는 '조드 로델' 그리고 '심화 2반'이라고 적혀 있었다.

"네 반 이름이다. 다섯 살짜리가 이 반에 배정되는 건 드문 일이지. 너는 너보다 나이 많은 아이들과 공부하게 될 거야."

남자가 조드에게 말했다.

남자는 조드를 여섯 살이 아닌 다섯 살로 알고 있었지만 조드는 아무 말도 하지 않았다. 앞으로는 입을 열지 않고 조용히 있기로 마음먹었기 때문이다.

조드는 넓은 홀에서 수많은 남자아이들과 함께 아침을 먹었다. 그 아이들은 대부분 조드보다 나이가 어렸다. 아침을 다 먹자, 다른 남자가 와서 온통 하얀 방으로 조드를 데려갔다. 한 여자가 조드의 키와 체중을 재고 여기저기 검사했다. 그런 다음에는 또 다른 남자가 와서 조드를 교실로 데려갔다.

선생님은 조드를 어느 남자아이 옆에 앉혔다. 남자아이가 조드에게 몸을 숙이고 속삭여 말했다.

"내 이름은 투아니야. 너는 이름이 뭐니?"

조드는 남자아이를 쳐다보았다. 투아니라는 그 남자아이는 친절해 보였다. 하지만 조드는 아무와도 이야기하지 않겠다는 결심을 지켰다. 사람들은 조드를 억지로 여기에 데려왔다. 조드를 이리엘과 놀란에게서 떼어놓았다. 그러니 이곳에서 조드를 기쁘게 하는 것은 아무것도 없을 터였다. 조드는 우울한 눈으로 투아니를 보며 희미하게 미소 지었다. 이 나이 많은 형에게 특별히 반감은 없었다. 하지만 조드는 이곳 사람들과 친구가 될 마음이 없었다. 투아니 형은 그 마음을 이해할까? 조드는 그러기를 바랐다.

조드는 열심히 공부했다. 복종하는 척, 협조하는 척해야 했다.

조드는 이리엘이 일러준 주의 사항들을 엄격히 지켰다. 반 아이들은 조드의 실력에 깜짝 놀랐다. 처음에 아이들은 자기들에게 말을 걸지 않는 어린 남자아이 조드를 건방지다고 못마땅하게 여겼다. 하지만 얼마 지나지 않아 생각이 바뀌었다. 조드는 전혀 건방지지 않았다. 오히려 깊은 슬픔에 빠져 있었다. 입을 꾹 다물고 있는 조드의 진실한 태도가 아이들에게 동정과 존경심을 불러일으켰고, 결국 아이들은 조드를 보호해주었다.

여러 날이 흘러갔다. 그날이 그날 같은 우울한 나날들이었다. 조드는 매일 저녁 수업이 끝나면 모이자를 보러 갔다. 처음 며칠 동안, 사람들은 조드가 모이자를 안지 못하게 했다. 그러나 조드가 얌전하고 침착한 아이라는 것을 깨닫자, 원하는 대로 여동생을 돌보도록 허락해주었다.

비록 떨어져 지냈지만, 조드는 틈나는 대로 모이자에게 노래를 불러주고 얼러주었다. 언젠가 여기서 데리고 나가겠다고 약속했고, 이리엘과 놀란에 대해서도 이야기해주었다. 또한 주변을 주의 깊게 관찰하면서, 모이자를 데리고 나갈 방법을 곰곰이 생각했다.

보름이 지난 어느 날 밤, 조드는 도망치기로 결심하고 모이자를 데리러 갈 구체적인 계획을 세웠다.

31

　일단 밤중에 복도에 아무도 없는 것을 확인했다. 공동 침실마다 감시인 한 명만 있을 뿐이었다. 어른들은 조드 같은 어린아이가 달아날 마음을 먹으리라고는 생각하지 못하는 것 같았다. 덕분에 조드는 성공하리라 굳게 믿으며 탈출을 준비했다. 건물에서 나가는 가장 좋은 탈출 경로도 미리 생각해두었다. 그 경로를 통해 밖으로 나간 뒤에 어떻게 할 것인가가 중요했다. 놀란과 이리엘을 만나는 것은 불가능했다. 조드는 이곳이 어디인지도 알지 못했다. 결국 가장 좋은 방법은 릭 가족에게 전화를 거는 것이라고 결론 내렸다. 릭 가족은 부자 구역에서 조드가 아는 유일한 사람들이었고, 조드는 그들의 전화번호도 외우고 있었다. 654 258 RI. 조드는 전화가 무엇인지도 알았다. 도시로 외출했을 때 이리엘이 상점들 진열창 너머를 가리키며 알려주었다. 전화기를 어떻게 사용하는지도 설명해주었다. 문제는 전화기를 손에 넣는 일이었다.

셋째 주가 끝나가던 어느 날 아침, 조드는 같은 반 학생들과 함께 의무실에 있었다. 그때 간호사의 휴대전화가 울렸다. 간호사는 가방에서 전화기를 꺼내 화면을 들여다보고는 본래의 자리에 다시 넣었다. 조드는 간호사에게서 눈을 떼지 못했다. 그러다가 학생들이 단체로 예방주사를 맞는 틈을 타 전화기를 훔쳐 윗옷 주머니에 조심스럽게 넣었다.

그날 저녁, 조드는 공동 침실의 동료 중 하나인 보크니에게, 침대들이 모두 똑같은지 궁금하니 밤 동안 침대를 서로 바꿔 쓰자고 말했다.

보크니는 조드의 목소리를 듣고 깜짝 놀라 외쳤다.

"너 말할 줄 아니?"

"어쩌다 한 번씩은 해. 침대 바꿔 쓰면 안 돼? 오늘 밤만."

조드가 말했다.

보크니는 망설이는 눈치였다.

"감시인이 알게 되면 뭐라고 말해?"

"아! 감시인에게 말할 필요 없어. 첫 점호 후에 바꾸면 아무것도 알아채지 못할 거야. 안 그래?"

"글쎄⋯⋯. 네가 그러고 싶다면 그러지 뭐."

마침내 보크니가 승낙했다.

조드는 뛸 듯이 기뻤다. 설령 감시인이 침대가 빈 것을 알아차

린다 해도 조드가 아닌 다른 아이가 없어진 것으로 생각할 테고, 모이자가 있던 구역에는 가보지 않을 것이다. 아무튼 곧장 그러지는 못할 것이다. 그때까지는 시간을 벌 수 있다는 얘기였다.

공동 침실의 동료들이 모두 잠들자, 조드는 침대가 빈 것을 감시인이 되도록 늦게 알아차리도록 보크니 침대의 이불 밑에 자기 베개를 밀어 넣었다. 조드는 공동 침실에서 조용히 나와 1층으로 내려갔다. 아기들의 공동 침실은 건물의 왼쪽 부분에 있었다. 다행히 복도에는 아무도 보이지 않았다. 감시인 한 명이 졸고 있을 뿐이었다. 조드는 걸음을 재촉해 아기들의 공동 침실까지 갔다. 어렴풋한 빛 속에서 모이자의 요람을 찾아냈다. 침착한 조드는 잘못해서 다른 아기를 찾은 것은 아닌지 다시 한 번 확인했다. 모이자가 눈을 뜨고 조드를 알아보자, 조드는 활짝 웃음을 지었다.

"걱정 마. 우린 여기서 나갈 거야. 그리고 이리엘 누나와 놀란 형을 다시 만날 거야. 하지만 울어서 소리를 내면 안 돼."

조드가 속삭이듯 부드러운 목소리로 모이자에게 말했다.

모이자는 조드를 보며 방긋 웃고는 조드의 가슴팍에 얼굴을 묻었다. 조드는 이리엘이 하던 것처럼 제복 윗옷으로 모이자를 감싼 뒤 몸에 질끈 묶었다. 그렇게 하자 두 손이 자유로워졌다. 조드는 걸음을 옮겼다. 아기들 공동 침실에서 접대실로 이어지는 긴 복도를 따라 대기실까지 갔다. 거기서 의자 하나를 가져다 출입문과 제일 가까운 곳에 있는 창문 앞에 놓았다. 그 의자에 올라가 창문을 열고 뜰로 뛰어내렸다. 그런 다음 담장 쪽을 따라 20미터 정도 가다가 담장의 갓돌로 기어올라갔다. 그리고 담장에 꽂힌 쇠꼬챙이들을 타고 넘어 거리 쪽으로 내려가 보도로 뛰어내렸다. 그 후에는 전속력으로 도망쳤다. 곧장 앞으로.

모이자는 조드에게 짐이 되면 안 된다는 것을 느끼기라도 한 듯 잠자코 있었다.

"됐어! 드디어 밖으로 나왔어! 하지만 아직은 움직이지 말고 가만히 있어야 해. 쉿……."

조드가 모이자의 등을 가볍게 두드리며 말했다.

모이자를 안고 있으니 뿌듯했다. 온몸에 모이자의 온기와 숨결이 느껴졌고, 모이자와 함께 있다는 행복감으로 마음이 부풀어 올랐다. 이리엘 누나가 알면 무척 자랑스러워할 거라는 생각이 들었다. 조드는 되는대로 방향을 잡고 계속 달렸다.

조드가 있는 곳은 도시였다. 이 나라의 '수도'였다. 조드는 그곳의 지하에서 어린 엄마 이리엘과 함께 살았고, 자주 땅 위로 올라와 먹을 것을 찾아 거리를 돌아다녔다. 그러나 조드는 아무것도 알아보지 못했다. 주변은 매우 더러웠다. 건물들을 따라 쌓여 있는 쓰레기봉투에서는 하수도 냄새와 비슷한 악취가 풍겼다.

한동안 길을 달리던 조드는 달리기를 멈추고 천천히 걸음을 내디뎠다. 그러다가 마침내 어느 건물의 문을 알아보았다. 그 건물의 지하층이 하수도와 통해 있었다. 조드가 아는 곳이었다. 조드는 문 앞의 움푹 들어간 공간에 몸을 바싹 붙이고 숨을 몰아쉰 뒤 상황을 곰곰이 생각해보았다. 잠시 후, 조드는 거기에 가만히 서 있으면 안 된다는 것을 깨달았다. 하수도의 부랑아들이 언제 나타날지 몰랐다. 모이자를 안고는 그 아이들을 피해 멀리 도망칠 수 없을 터였다! 조드는 다시 걷기 시작했다. 이 구역이 기억났다. 멀지 않은 곳에 큰 공원이 하나 있었다. 이리엘과 함께 그곳에 여러 번 가보았다. 어디로 가면 되는지 알게 되었다!

하늘에는 구름 한 점 없고, 둥근 달이 도시를 비추고 있었다. 가로등은 하나도 켜져 있지 않았지만 조드는 놀라지 않았다. 무사히 공원에 도착했다. 조드는 이리엘과 함께 정수장과 비행기 사이를 오갈 때 잠시 쉬곤 했던 나무 밑으로 들어갔다. 나뭇가지에 달린 잎을 은신처 삼아 몸을 숨겼다. 조드는 안심했다. 모이자도 안심시킨 뒤 잠을 자라고 말했다. 윗옷 주머니에서 휴대전화를 꺼냈다. 그리고 릭 가족의 전화번호를 눌렀다.

32

밤이 깊었다. 스모그는 열린 창문 틀에 잠시 몸을 기대고 거리를 내다보았다. 하루가 끝나가는 이 시간, 거리에는 인적도 불빛도 없었다. 48시간 전부터 전기회사 노동자들이 파업에 동참했다. 온 나라에 전기 공급이 끊겼다. 그러나 정부는 끈질기게 타협을 거부했고 했던 말만 고집했다. 아직 상황이 그리 나쁘지는 않았지만, 정부는 현재의 위기에 강압적으로 대응했다. 스모그와 조직 평의회는 고삐를 늦추지 않기로 했다. 이번 사태는 그동안 많은 사람들이 얼마나 비참한 생활을 해왔는지를, 얼마나 참고 기다렸는지를 여실히 보여주었다.

밤거리를 달려가는 그림자 두 개가 스모그의 눈에 들어왔다. 복면을 쓴 열 명 남짓한 남자들이 그 뒤를 따라가더니, 맞은편 건물 현관 밑에 매복했다. 스모그는 오팔리아에게 와보라고 손짓했다.

몇 분이 흐르는 동안 불길한 기운이 드리웠다.

스모그와 오팔리아는 복면을 쓴 남자들이 경찰임을 알아차렸다. 경찰들은 맞은편 보석상에서 뛰어나오는 가면 쓴 사람 열다섯 명에게 공격을 개시할 태세였다. 약탈자 무리였다. 파업 초반부터 약탈 사건이 자주 일어났다. 민간인들도 이따금 약탈자들과 협력했다. 그런 방법으로 먹을 것을 마련했다. 약탈 때문에 도시에는 소규모 전투들이 점점 잦아졌다. 정부가 타협하지 않는다면 오래지 않아 내전이 일어날 터였다. 하지만 상황을 변화시킬 수 있는 유일한 기회였다. 스모그는 민주적인 방식으로 결말이 나기를 바랐다. 대통령이 사임하고 예정보다 빨리 선거를 치르기를 희망했다. 이런 명예로운 해법이 가능했다. 스모그는 그렇게 믿고 싶었다.

스모그는 거리에서 집 안이 보이지 않도록 겉창을 닫았다. 그리고 오팔리아와 함께 격자창을 통해 밖에서 일어나는 일을 주시했다. 총격전이 이 분 가량 이어졌다. 약탈자 무리의 일부는 도망쳤고, 다섯 명은 바닥에 쓰러졌다. 경찰은 다른 약탈자들을 체포해 차에 태웠다. 스모그는 조금 기다렸다가 밖으로 나가 길바닥에 쓰러져 있는 약탈자들을 일일이 살펴보았다.

딱 한 명만 숨을 쉬고 있었다. 아주 연약하게. 이십 대 중반의 젊은 남자였다. 스모그는 그 남자를 집까지 끌고 왔고, 오팔리아가 스모그를 도와 그 남자를 수술실로 운반했다. 남자는 가슴에 총상을 입었다. 엑스레이 촬영을 해보니 심장 가까운 곳에 총알이 박혀 있었다. 다행히 동맥과 정맥은 손상되지 않았다. 피를 많이 흘렸지만 수혈해줄 방법이 없었다. 스모그는 망설였다. 지난봄 구하지 못하고 떠나보냈던 소녀의 얼굴이 스모그의 머릿속을 스치고 지나갔다. 친구 키튼에게 연락했지만 닿지 않았다. 스모그는 오팔리아의 도움을 받아 수술해보기로 결심했다. 총알을 꺼내고 출혈을 멈추는 데 성공했다. 이제 이 남자를 숨겨두고 천천히 회복시켜야 했다. 프랭 농장이 가장 믿을 수 있는 장소였다. 스모그와 오팔리아는 남자를 지붕으로 데려가 아에로솔로에 태웠다.

스모그와 오팔리아가 프랭 농장의 뜰에 도착했을 때는 새벽 두 시가 가까운 시각이었다. 몇 분 동안 문을 두드리자, 농장 건물 2층에 불이 켜졌다. 마침내 프레데가 문을 열고 머리를 내밀었다.

"스모그 자네야? 무슨 급한 일이라도 있어?"

"상태가 딱한 환자가 있어."

스모그는 아에로솔로 안에 누워 있는 젊은 남자를 가리키며 대답했다.

"누구인데?"

"약탈자 같아. 경찰들이 우리 집 앞에서 약탈자 네 명을 죽였거든. 이 환자도 그렇게 될 뻔했지. 내가 방금 수술을 해줬네. 다행히 목숨을 건졌어. 하지만 우리 집에 있으면 위험할 것 같아. 경찰들이 시신을 수습하러 다시 올 테니까. 시신의 수를 세어보고 모자라는 사람을 찾으러 다닐 거야. 자네가 당분간 이 환자를 데리고 있을 수 있겠나?"

"물론이지. 하지만 자네가 매일 와서 치료해줘야 할 텐데. 적어도 처음에는 말이야."

프레데가 말했다.

"그야 물론이지."

두 남자는 젊은 남자를 3층의 침실로 옮겼다.

"오늘 밤엔 내가 곁에서 지키겠네. 앞으로 72시간이 고비거든. 그 고비를 넘기면 위기에서 벗어났다고 봐도 될걸세."

스모그가 말했다.

그때 아래층에서 전화벨이 울렸다.

"이 시간에 전화벨이 울리다니, 보나마나 반갑지 않은 소식이겠군."

프레데가 서두르며 말했다.

전화벨 소리가 그쳤다. 프레데의 아내 비르질리아가 전화를 받은 것 같았다. 잠시 후, 복도에서 비르질리아의 발소리가 났다. 방에 들어선 비르질리아는 침대에 누워 있는 젊은 남자를 보고 깜짝 놀랐다.

비르질리아가 한 손에 든 전화기를 다른 손으로 가리키며 말했다.

"조드 로델이에요."

"조드 로델?"

프레데가 되물었다. 그리고 불현듯 깨달았다. 비행기! 공책! 전화번호!

비르질리아가 고개를 끄덕였다.

"맞아요. 우리 농장에 와서 먹을 것을 가져가는 여자아이의 남동생요. 자기와 자기 여동생을 데리러 와달래요. 그런데 자기가 있는 곳이 어디인지 정확히 모르고 있어요."

"어디인지 알아봐야지……. 스모그의 아에로솔로로 그 아이들을 데리러 갈 수 있을 거야."

비르질리아가 스피커 버튼을 누른 뒤 전화기에 대고 말했다.

"네가 들판에 있는지 아니면 다른 곳에 있는지 말해보렴."

"하수도 위쪽 도시에 있어요. 모이자와 함께 '수양버들'이라는 나무 밑에 숨어 있어요. 어느 공원에 있는 나무예요. 밀어서 열면 저절로 다시 닫히는 작은 대문도 있어요."

조드가 대답했다.

"도시 지리를 잘 아는 사람을 너에게 보내마. 그 사람을 믿어도 돼."

비르질리아가 상냥한 목소리로 말했다.

"안녕, 조드. 그 공원으로 갈 때 무엇이 보였는지 나에게 말해줄 수 있겠니?"

스모그가 다가와 전화기에 대고 말했다.

"쓰레기통들이 많이 있었어요."

"혹시 지하철역 앞을 지나갔니?"

"공원 문 앞에 지하철역이 있었어요. '데모크라시'라고 적혀 있었어요."

"네가 있는 곳이 어디인지 알겠다. 숨을 곳을 잘 골랐구나. 거기에 꼼짝 말고 있거라. 비르질리아와 내가 데리러 가마. 우린 아에로솔로를 타고 갈 거다. 삼십 분 뒤면 도착할 거야."

"알았어요. 전화기 화면에 시간이 나오니까 그걸 보며 기다릴게요. 참, 모이자에게 우유를 먹여야 하니까 젖병을 가져오세요. 곧 배고파할 거예요."

"알았다! 곧 보자. 그동안 무슨 문제라도 생기면 이 번호로 전화해라. 우리가 이 전화기를 가지고 가니까."

스모그가 전화를 끊었다.

"이 아이, 아주 영리하군."

"환자를 위한 주의 사항은 없나요?"

오팔리아가 물었다.

"환자가 깨어날 때를 대비해 환자 곁에 머물러 있어요. 그리고 환자가 몸을 움직이지 못하게 해요. 오래 걸리지 않을 거요. 곧 돌아오리다."

33

구내식당으로 통하는 복도에 평소와 다른 웅성거림이 일었다. 감시인 다섯 명이 문 앞에 서 있었다. 감시인들은 아이들을 제지하지 않았다. 놀라운 일이었다. 평소에 감시인들은 아이들이 조금만 떠들어도 조용히 하라고 나무라고, 규율을 엄격히 적용했으니 말이다. 이리엘과 샬라야는 무슨 일이 일어나고 있는지 알기 위해 줄을 거슬러 올라가보려고 했다. 그러다가 자니나와 부딪쳤다. 자니나가 이리엘의 팔을 붙잡고 말했다.

"이 범생아! DFPU 반으로 옮겨 가니 재미가 쏠쏠하냐?"

"이 난장판은 다 뭐니?"

이리엘이 자니나의 말을 무시하고 팔을 홱 치우며 물었다.

"파업이야. 오늘 점심으로는 샌드위치만 나올 거야."

근처에 있던 이리엘 반의 여자아이가 알려주었다.

"파업? 그게 뭔데?"

샬라야가 물었다.

"식당 직원들이 우리에게 먹을 것을 만들어주지 않는다는 뜻이야."

자니나가 조금 빈정거리는 말투로 대답했다.

"차례가 되면 샌드위치를 하나씩 받아서 뜰에서 먹으면 돼."

열 살쯤 된 여자아이가 설명해주었다.

줄이 차츰 앞으로 나아갔다. 이윽고 샬라야와 이리엘은 각자 햄 한 장이 든 빵 반 조각을 손에 쥐었다.

"간소하네."

이리엘이 말했다.

"그런데 파업이 정확히 뭐야?"

샬라야가 물었다.

"노동자들이 여러 가지 이유로 일을 하지 않는 거야. 보통은 적당한 급여를 받지 못해서 그럴 때가 많지."

이리엘이 설명했다.

샬라야가 고개를 끄덕이는 동안, 이리엘이 작은 소리로 덧붙였다. 아주 작은 소리라서 샬라야는 그 말을 알아듣지 못했다.

"조드가 여기에 있다면 뭐라고 할까……."

"그런데 그게 효과가 있어?"

"뭐가?"

"파업 말이야. 파업을 하면 급여를 더 많이 받게 돼?"

"나도 잘 모르겠어. 어떨 땐 파업이 몇 주 동안 계속되기도 해."

"식당 직원들에게 빨리 적당한 급여를 주면 좋겠네. 몇 주 동안 샌드위치만 먹는 건 싫거든."

오후가 되자 교실 분위기가 평소에 비해 느슨해졌다. 언어 연구 시간, 평소 톡톡 튀고 쾌활했던 니콜라 선생님의 얼굴에 수심이 가득해 보였다. 지리 선생님은 주간 쪽지 시험 치르는 것을 잊었다.

"오늘 선생님들이 좀 이상한 것 같지 않아?"

저녁 식사 시간 직전 뜰에서 샬라야와 다시 만났을 때 이리엘이 물었다.

"그래, 선생님이 두 명이나 결근했어. 수학 시간은 평소와 비슷했지만, 내가 보기엔 상황이 아무래도 심상치 않아. 여기서 지내면서 이런 일은 한 번도 없었거든. 나는 하수도에서 많은 일을 겪었어. 하지만 땅 위에서 무엇이 정상적이고 정상적이지 않은지는 잘 모르겠어."

샬라야가 날카로운 눈빛으로 이리엘을 보더니 다시 말했다.

"구내식당에서 또 샌드위치를 나눠준다면 빨리 가는 게 좋을 거야. 이번에는 줄 앞쪽에 서야 해."

"파업이 빨리 끝났으면 좋겠어. 계속 샌드위치를 나눠주면 포크 쓸 일이 없으니 놀란과 편지를 주고받을 수 없잖아."

이리엘이 대꾸했다.

구내식당으로 통하는 복도의 문 앞에 감시인 다섯 명이 서 있었다.

"오늘 저녁 식사는 없다."

감시인 중 하나가 말했다.

"식사가 없다고요?"

"주방과 식당 직원들이 파업 중이야."

"하지만 점심때는……."

"점심때는 기숙사 관리부에서 샌드위치를 만들어 나눠준 거야."

"그런데 저녁에는 왜 안 해요?"

"파업 노동자들이 재료를 건물 안에 들이지 못하도록 막고 있어."

"그러면 오늘 저녁엔 식사 못하는 거예요?"

샬라야가 화를 내며 물었다.

"상황이 어떻게 돌아갈지 우리도 아직 모른다."

바로 그때, 뒤에 물러나 있던, 다른 감시인들보다 조금 젊은 감시인 한 명이 나서서 말했다.

"아니요! 우린 알고 있어요! 왜 이 아이들에게 진실을 말해주지 않는 거죠?"

젊은 감시인은 이리엘과 샬라야에게 말했다.

"오늘 저녁 식사는 없을 거다. 그리고 내일도 아무것도 나오지 않을 거야. 나라 전체에 총파업이 일어났어."

"입 다물어요."

다른 감시인이 젊은 감시인을 말렸다.

"나라 전체에 총파업이 일어났다고요?"

이리엘 반의 여자아이 하나가 놀라며 물었다.

"왜 이 아이들에게 아무것도 말해주지 않죠? 파업이 아주 오랫동안 계속됐잖아요!"

젊은 감시인이 다른 감시인들에게 말했다.

"뭐라고요?"

"뭐가 아주 오랫동안 계속됐다고요?"

"나라 전체에서 총파업이 일어났다니, 그게 무슨 말이에요?"

불평이 터져 나왔고 웅성거림이 그 뒤를 따랐다. 어른 아이 할 것 없이 모든 사람들이 질문과 논평을 쏟아냈다. 시간이 지나자 기숙생들 대부분이 구내식당 입구에 모여들었다.

"도대체 지금 무슨 일이 일어나고 있는 거예요?"

살라야가 물었다.

"우리도 정확히는 몰라. 몇몇 회사에서 파업이 시작되었고, 아주 천천히 모든 산업 분야로 퍼져나갔어. 그리고 나라의 기능이 정지되었지. 일주일 전부터 몇몇 지역에 전기가 들어오지 않고, 어제부터는 전화가 되지 않아."

젊은 감시인이 말했다.

"아이들에게 그런 말을 하면 안 되죠!"

다른 감시인이 으르렁거렸다.

"안 된다고요? 천만에요! 나도 파업에 동참할 거예요!"

젊은 감시인은 구내식당으로 통하는 문을 열고 안으로 들어간 뒤 등 뒤로 세게 문을 닫았다. 기숙생들이 구내식당 쪽으로 움직이기 시작했다. 남아 있던 네 명의 감시인은 기숙생들을 돌려보내려고 애썼다. 하지만 반발이 너무 거셌다. 감시인들은 포기하고 구내식당 안으로 피해야 했다. 구내식당으로 들어간 아이들은 식당 안의 물건들을 때려 부수기 시작했다.

샬라야도 웃음 섞인 비명 소리를 내며 무리에 섞여들었다. 이리엘이 샬라야를 따라가 귀에 대고 속삭였다.

"드디어 때가 됐어. 오늘 여기서 나가지 못하면 영원히 못 나갈 거야."

이리엘은 유아 구역까지 함께 가자고 샬라야를 설득하고 싶었다. 조드와 모이자를 찾아내려면 샬라야의 도움이 필요했다.

기숙생들의 광기 어린 행동을 막으려고 어른들이 떼 지어 몰려왔다. 서둘러야 했다.

갑자기 구내식당 맞은편의 문이 열리더니 남자아이들이 뛰어들어왔다.

"놀란!"

이리엘은 놀란을 큰 소리로 외쳐 불렀다.

아이들이 워낙 뒤엉켜 있어서 놀란을 찾아내기 힘들 것 같았다. 이리엘은 가까이 있는 탁자 위로 올라가 놀란의 이름을 다시 외쳤다.

"놀란!"

그때 남자아이들 기숙사의 감시인들이 다가왔고, 이리엘은 탁자에서 떼밀려 내려와야 했다. 이번에는 샬라야가 이리엘의 소매를 잡아끌었다.

"그만하고 도망가! 그 아이도 그렇게 할 거야. 너희 둘이 밖에서 만나면 돼."

샬라야는 이리엘을 끌고 구내식당을 가로질렀다. 이리엘은 계속 뒤를 돌아보며 놀란을 찾았다. 놀란이 자기 목소리를 들을 거라는 희망을 갖고 계속 놀란의 이름을 불렀다. 갑자기 생각 하나가 이리엘의 머릿속을 스쳤다. 놀란은 소란과 주먹다짐을 싫어했다! 이리엘이 알기로는 그랬다. 그렇다면 놀란은 이 난장판에서 멀찍이 떨어져 있을 것이다. 이리엘은 샬라야의 손을 뿌리치고 남자아이들 구내식당과 이어진 복도로 달려갔다. 그리고 배식소를 거슬러 올라갔다. 이리엘의 뒤에서 다급한 발소리가 울려 퍼졌다. 샬라야가 뒤쫓아 온 것 같았다! 마침내 그 발소리가 이리엘을 따라잡았다. 손 하나가 이리엘의 옷자락을 붙잡았다. 이리엘은 걸음을 멈추고 여차하면 따귀를 후려칠 태세로 뒤를 돌아보았다.

"놀란!"

이리엘이 놀라서 외쳤다.

"너 뭐 하는 거야? 빨리 여기서 도망쳐야 돼!"

놀란이 말했다.

"놀란!"

이리엘이 되풀이해 놀란의 이름을 외쳤다.

몇 주 내내 놀란을 만나기를 학수고대했지만, 막상 눈앞에 보고 있으니 기분이 너무 이상했다. 이리엘이 놀란에게 물었다.

"너 어디 있었어?"

"구내식당에! 그런데 넌 남자아이들 구역에서 뭘 하려는 거야?"

"너를 찾으러 왔지!"

"나 여기 있잖아."

놀란이 환하게 웃으며 말했다.

"나를 따라와!"

이리엘은 놀란의 손을 잡고 왔던 방향으로 다시 끌고 갔다.

구내식당 안은 여전히 난장판이었다. 이리엘과 놀란은 여자아이들 구내식당의 복도를 통해 뜰로 나갔다.

"어디로 가는 거야?"

놀란이 쉰 목소리로 물었다.

"모이자! 조드! 그 애들이 어디에 있는지 내가 알아. 이리 와!"

이리엘은 유아들이 있는 건물을 놀란에게 가리켰다. 두 아이는 내부 철책을 기어올라 건물로 다가갔다. 혹시 몰라서 놀란이 출입문을 당겨보았다. 출입문은 잠겨 있었다.

이리엘과 놀란은 건물을 한 바퀴 둘러보았다. 1층의 창문들은 그리 높지 않았다. 두 아이는 출입문에서 가장 멀리 떨어진 창문을 선택했다. 놀란이 엎드려서 이리엘이 자기 등을 밟고 창으로 기어오르게 했다. 창문도 잠겨 있었다. 이리엘은 신발을 벗어 유리창에 힘껏 던졌다. 유리가 와장창 깨져 바닥에 떨어졌다. 이리엘은 펄쩍 뛰어내려 놀란과 함께 어두운 구석으로 달려가 몸을 숨겼다. 아무도 오지 않았다. 두 아이는 충분히 기다렸다가 깨진 창문을 통해 건물 안으로 들어갔다. 건물 안은 고요했다. 두 아이는 아무도 마주치지 않고 이리저리 걷다가 공동 침실이 있는 층을 발견했다. 놀란이 복도에서 망을 보고, 이리엘은 조드를 찾아 공동 침실을 차례로 살펴보았다.

"여기가 남자아이들 공동 침실이 맞긴 한데."

이리엘이 첫째 공동 침실에서 돌아오며 속삭이는 목소리로 말했다.

"만약 우리처럼 나이별로 침실을 배치했다면, 조드는 여기에 없을 거야. 여기는 두세 살짜리 아이들이 자는 곳이야. 나이가 더 많은 애들은 다음 공동 침실에 있을 거야."

이리엘의 추측이 틀리지 않았다. 둘째 공동 침실에서 자는 아이들은 네 살에서 여섯 살 사이였다. 이리엘은 침대들을 하나하나 조사했다. 하지만 조드를 찾아내지 못했다. 이리엘은 문에서 가장 가까운 침대에서 자는 남자아이를 부드럽게 깨웠다. 남자아이는 한참 만에야 잠에서 깨어나 이리엘의 질문에 대답했다.

"그래, 나 조드를 알아. 그 애는 말을 하는 법이 거의 없고, 수업이 끝나면 늘 자기 여동생을 보러 갔어. 하지만 지금은 여기에 없어!"

"그럼 어디에 있는지 아니?"

"아니. 하여튼 그 애는 사라졌어."

"사라진 지 오래됐니?"

"나도 몰라."

"며칠 전부터 여기에 없었는지 생각해 봐."

"여러 날 된 것 같은데."

"그럼 그 애가 여기에 없는 것을 너희들이 어떻게 알았는지 얘기해줄래?"

"그 애 침대에 보크니가 있었고, 보크니의 침대에는 베개가 있었어. 그걸 보고 감시인이 말했어. '빌어먹을! 이 녀석 도망쳤군!' 내가 더 좋아하는 다른 감시인은 이렇게 말했어. '이 녀석 여동생에게 가봐!' 그 후로 조드는 계속 여기에 없었고, 그 애가 어디에 있는지 나도 몰라. 그 애가 죽었을까?"

"아니, 아니야. 그건 아닐 거야. 걱정하지 마. 이야기해줘서 고마워."

이리엘이 남자아이를 다시 눕히고 머리를 쓰다듬어주며 말했다.

"다시 자. 또 보자."

이리엘이 복도로 나가니 놀란이 웬 감시인과 실랑이하고 있었다.

감시인이 짖어대듯 말했다.

"마지막으로 묻는데, 지금 여기서 무엇을 하고 있는지 말해라. 아! 너 혼자가 아니고 둘이로구나!"

감시인이 이리엘을 발견하고는 천둥 같은 소리로 말했다.

"너는 또 여기서 뭘 하는 거냐?"

이리엘이 뭐라고 대답하기도 전에 감시인의 몸이 푹 꺾였다. 놀란이 감시인의 겨드랑이 밑에 팔을 끼어 붙잡았다가 바닥에 눕혔다.

"무슨 일이야?"

이리엘이 물었다.

"내가 조금 손봐줬어. 자, 이제 도망치자."

그러나 이리엘은 바닥에 쓰러진 감시인을 보고는 찌푸린 얼굴로 고개를 흔들었다. 놀란이 이리엘을 설득했다.

"지금은 어쩔 수 없어. 조드와 모이자를 찾을 때까지 시간을 벌어야 해. 괜찮을 거야. 별로 세게 때리지 않았어."

바닥에 쓰러졌던 감시인이 벌써 정신을 조금 차리고 신음했다.

"빨리 가자!"

이리엘이 놀란을 출구 쪽으로 밀면서 외쳤다.

두 아이는 깨진 창문까지 뛰어가 뜰로 뛰어내린 뒤 도망쳤다.

구내식당이 있는 건물에 다다르자 놀란이 물었다.

"조드는 어떻게 된 거야?"

"벌써 달아난 것 같아. 지금은 일단 도망치자."

"그럼 모이자는?"

"조드가 데려갔을 거야."

"그렇다고 확신해?"

"확인하진 못해. 하지만……."

이리엘이 말을 끝맺기도 전에 놀란이 유아 구역으로 발길을 되돌렸다. 두 아이는 다시 창문을 기어올라 갓난아이들 공동 침실로 돌진했다. 요람들을 하나하나 조사했지만 모이자는 없었다.

이리엘이 단언했다.

"틀림없어. 조드가 모이자를 데리고 달아난 거야. 조드는 절대 모이자를 여기에 놓아두지 않았을 거야. 내가 알아."

두 아이는 건물에서 다시 나와 내부 철책을 넘었다. 감시인들이 뒤쫓아 왔다. 쓰러졌던 감시인이 정신을 차리고 경보를 발한 것 같았다.

"여기서 빠져나갈 가장 좋은 방법이 뭘까?"

놀란이 물었다.

"주방!"

이리엘이 구내식당을 향해 돌진하며 외쳤다.

구내식당에서는 소란이 계속되고 있었다. 두 아이는 난장판 한가운데를 가로질러 주방으로 달려갔다. 주방은 무척 넓었다. 모든 것이 질서정연하고 청결했다. 이리엘은 '배달 서비스'라고 적혀 있는 문을 즉시 알아보았다. 두 아이는 문에 달린 빗장 세 개를 얼른 잡아당겼다.

다음 순간 두 아이는 거리에 있었다.

길에 쌓인 쓰레기에서 고약한 냄새가 났다. 썩어가는 쓰레기 냄새를 맡자 터널 안이 생각났다. 이리엘은 혐오감에 몸을 떨었다. 공포가 다시 솟아올랐다.

어느덧 거리에는 어둠이 내리고 하얀 달무리가 주변을 희미하게 비추었다.

멀리서 군중의 함성이 들렸다. 두 아이는 마주 보며 주저했다. 저들과 같은 방향으로 갈 것인가, 아니면 반대 방향으로 도망칠 것인가? 생각할 시간이 별로 없었다. 시위를 벌이는 파업 노동자들의 행렬이 이미 두 아이가 있는 곳까지 다가와 있었다. 두 아이는 걱정스러운 눈길로 뒤를 보며 달리기 시작했다.

한 여자가 두 아이 옆을 지나가며 외쳤다.

"얘들아, 여기에 있지 마! 위험해!"

"경찰들이 있어. 숨어야 해."

한 남자가 덧붙였다.

이리엘과 놀란은 시위 참가자들을 따라갔다. 얼마 지나자 몇몇 사람들이 가던 길을 되돌아오기 시작했다. 그러자 모두들 방향을 돌렸다. 경찰이 그들을 포위하는 중이라고 했다. 이리엘과 놀란은 어찌할 바를 모른 채 사람들을 따라갔다. 그러다가 차츰 빽빽해지는 행렬에 휩쓸려 넓은 광장으로 나섰다. 광장 바깥 가장자리에서 하얀 불빛이 솟아올랐다. 경찰의 탐조등이었다. 탐조등이 시위 참가자들을 비추었다. 이리엘은 이곳이 어디인지 알 수가 없었다.

"다시 붙잡히면 안 돼. 이 함정에서 빠져나가야 해."

이리엘이 신음했다.

경찰이 시위 참가자들을 광장 한가운데로 밀어댔다.

놀란이 말했다.

"이곳이 어디인지 알 것 같아. 어떻게 여기를 빠져나가면 되는지 알고 있어."

"하수도!"

이리엘이 놀란의 말뜻을 눈치채고 말했다.

"그래, 그게 유일한 방법이야. 경찰들은 여기서 빠져나가는 길을 모두 차단했어. 방법이 없어! 경찰에게 붙잡히지 않으려면 하수도로 내려가는 수밖에 없어. 여기에 가만히 있으면 안 돼!"

"부랑아 패거리는?"

"그야 잘 살펴서 피해야지. 어린아이들이 없으니 더 쉬울 거야. 그리고 오늘 밤엔 지하세계 아이들 대부분이 거리에 있을 거야. 틀림없어."

"하수도로 통하는 입구를 알고 있어?"

"이 광장에서 하수도로 통하는 입구를 세 곳 알아."

"만약 거기에 경찰이나 부랑아 패거리가 있으면?"

이리엘이 미심쩍어하며 물었다.

"부랑아 패거리는 없을 거야. 어쨌든 여기서 우물쭈물하다가 다시 경찰에게 붙잡히는 것보다는 낫잖아. 다시 기숙사에 붙잡혀 가면 두 번 다시 도망치지 못할 거야."

"하수도로 내려가는 게 정말 유일한 방법이라고 생각해?"

이리엘이 다시 물었다.

"나도 하수도에 내려가는 게 내키지 않아. 하지만 여기서 경찰에게 붙잡히면 기숙사로 다시 끌려가거나 아니면 죽을 수도 있어. 조드와 모이자를 생각해."

"한 달 반 동안 그 애들 생각만 하고 있어!"

"그럼 가자! 지난번엔 모이자 때문에 부랑아 패거리에게 붙잡힌 거야. 하지만 지금은 우리 둘뿐이야. 도망쳐야 해. 일단 하수도에 도착하면 행운은 우리 편일 거야!"

놀란이 다시 이리엘을 설득했다.

이리엘은 놀란의 얼굴에서 눈을 떼지 않았다. 그리고 아무 말도 하지 않았다. 놀란의 말이 옳다는 것을 이리엘은 알고 있었다. 하지만 결심하기가 힘들었다. 예전에 느꼈던 공포가 다시 밀려왔던 것이다.

마침내 이리엘이 동의했다.

"좋아, 우리가 처음 만났던 장소로 가면…… 비엘 마을로 가는 길을 알 수 있을 거야."

이리엘은 천천히 놀란에게 다가가 놀란의 가슴에 머리를 기댔다. 놀란은 팔을 둘러 이리엘을 안아주었다.

광장 남쪽에서 폭발음이 들렸다. 이어서 두터운 연기가 솟아올랐고, 군중 속에 불안한 움직임이 일어났다. 놀란은 이리엘의 손을 잡고 달려갔다.

34

조드와 모이자는 이 주 전부터 프랭 농장에서 살고 있었다. 프레데와 비르질리아 부부는 두 아이를 정성껏 돌보았다. 조드는 비행기 안에서 살 때만큼이나 안정감을 느꼈다. 그러나 이리엘과 놀란이 걱정되었다. 프레데와 스모그가 해준 말에 따르면, 이리엘과 놀란 역시 기숙사로 간 것 같았다. 스모그가 알아보았지만, 이리엘과 놀란을 기숙사에서 데리고 나오는 일은 쉽지 않을 것 같았다. 청소년들을 위한 기숙사는 남녀 공용이 아니었다. 그렇다면 이리엘과 놀란은 함께 있지 않을 것이다. 조드는 이리엘이 도망쳤을 거라고 생각했다. 이리엘이 자신과 모이자와 떨어져 살 수 없다는 것을 조드는 잘 알고 있었다. 조드는 이 이야기를 비르질리아와 프레데에게 매일같이 하면서 이리엘이 이곳으로 찾아올 가능성이 있느냐고 물었다. 비르질리아와 프레데 부부는 조드가 실망할까 봐 이리엘이 이곳으로 찾아올 가능성이 있다고 대답했다.

"놀란도요?"

조드가 물었다.

"두 아이 다 마찬가지야."

비르질리아와 프레데가 말했다.

"이리엘 누나가 오늘 올 수도 있을까요?"

조드가 재우쳐 물었다.

"그건 잘 모르겠다. 앞일이 어떻게 될지는 아무도 몰라. 하지만 오늘 오지 말라는 법도 없지 않겠니?"

"그래요! 아무튼 언젠가는 이리엘 누나가 여기에 올 거예요! 놀란 형도 함께 올 거고요. 아마도요."

조드가 예언했다.

"그래, 아마도."

프레데와 비르질리아가 대답했다.

조드는 여섯 살짜리 아이답게 순진한 확신을 가졌고, 덕분에 이리엘과 놀란이 곁에 없는데도 비교적 즐겁게 지낼 수 있었다.

조드는 프랭 농장에서 꽤 자유롭게 시간을 보냈다. 아침나절에는 공부를 했다. 오후에는 모이자와 함께 놀거나 농장에 드나드는 어른들의 말과 행동을 유심히 살피며 지냈다. 프랭 농장에서는 흥미진진한 일이 많이 일어났다. 부자 구역과 관련된 여러 가지 결정이 내려졌다. 조드는 스모그를 비롯해 자기가 알게 된 어른들이 프랭 농장에 들를 때마다 무슨 이야기를 하는지 관심을 가졌다. 어른들이 회의할 때 엿들으며 정보를 수집했다. 스모그가 이끄는 조직의 책임자들은 프랭 농장의 식당에 모여 회의를 했는데, 그곳 천장이 모이자 방의 마룻바닥과 닿아 있었다. 비르질리아가 옆에 없거나 회의에 함께 참석할 때면 조드는 모이자 방의 마룻바닥에 귀를 대고 어른들이 나누는 이야기를 한마디도 놓치지 않고 들었다.

3층의 침실에는 스모그가 수술해준 젊은 남자가 있었다. 조드는 누군가 3층에 숨어 있다는 것을 즉시 눈치챘다. 어른들이 3층에는 올라가지 말라고 하는 것을 보면 틀림없었다! 어느 날 아침 일찍, 비르질리아와 프레데가 축사에 있을 때, 조드는 3층에 올라가 한 바퀴 둘러보았다. 침실의 문손잡이를 천천히 돌려보았다. 문은 잠겨 있지 않았다. 벙긋 열린 문틈으로 한 젊은 남자가 침대 위에 잠들어 있는 것이 보였다.

10월 말의 어느 날 오후, 흐렸던 하늘이 잠시 갠 틈을 타, 조드는 모이자를 데리고 뜰에 나갔다. 조드는 얼굴이 마주 보이게 모이자를 안고 있었다. 모이자는 조드가 하는 말에 귀를 기울이는 표정으로 말똥말똥 조드를 바라보았다.

조드가 말했다.

"어른들 말을 들어보니까 가난한 사람들이 전쟁을 일으킨 것 같아. 너도 이제 이걸 알아도 될 만큼 컸어. 하지만 무서워하지 마. 여기는 안전해. 대장은 스모그 아저씨이고. 그런데 비르질리아 아주머니와 프레데 아저씨는 내가 그걸 눈치챈 걸 모르고 있어. 쉿, 조용히 해!"

모이자가 조드의 귀를 잡아 당겼다. 조드는 모이자의 조그만 손을 붙잡아 상냥하게 흔들었다.

"이리엘 누나가 가난한 사람들이 전쟁을 일으켰다는 걸 알고 있으면 좋겠어. 이리엘 누나는 언젠가 이런 일이 일어날 거라고 말했어. 이리엘 누나가 알면 무척 좋아할 거야! 그리고 말이야, 난 3층에 숨어 있는 젊은 남자가 누구인지 알아내고 말 거야! 아직은 젊은 남자라는 것만 알아. 놀란 형보다 더 큰."

"아바바바 바아아 뢰에에에에에!"

모이자가 옹알이를 했다.

그러자 조드가 상냥한 목소리로 모이자에게 말했다.

"너도 곧 말을 하게 될 거야."

조드는 코끝으로 모이자의 목을 마구 비비며 덧붙였다.

"이제 좀 웃어볼래?"

모이자는 까르르 웃음을 터뜨렸다. 조드도 웃었다. 모이자의 웃음소리는 조드를 기쁘게 하는 유일한 것이었다.

모이자는 나날이 몸무게가 늘었다. 조드는 비르질리아가 다락방에서 꺼내준 유모차에 모이자를 살며시 태웠다.

"우리, 암소들을 보러 가자."

그때 아에로솔로 한 대가 뜰에 내려앉았고, 조드는 걸음을 멈추었다.

"스모그 아저씨야!"

조드가 외쳤다.

스모그는 혼자였다. 무슨 일이 있는지 염려스러운 표정이었고, 조드와 모이자에게도 별로 눈길을 주지 않았다. 스모그가 집 쪽으로 걸어갔다. 조드는 모이자를 다시 품에 안고 스모그를 따라갔다. 어른들의 회의가 또 열릴 것 같았다!

홀에서 비르질리아와 마주치자 조드가 말했다.

"모이자의 방에서 놀 거예요."

"알았다! 스모그가 돌아가면 간식을 가져다 줄게. 너 주려고 초콜릿 케이크를 만들어놨어."

프레데와 스모그는 이미 식당에 앉아 있었다. 조드는 걸음을 서둘렀다. 그러면서도 지나치게 빨리 계단을 오르지 않도록 주의했다. 비르질리아가 이상하게 생각할 수도 있었기 때문이다. 조드는 조용히 모이자의 방으로 들어가 모이자를 놀이용 양탄자 위에 뉘었다.

그리고 입에 손가락을 대며 말했다.

"조용히 해."

모이자가 눈을 크게 뜨고 두 손을 휘저었다.

"쉿, 아주 중요한 일이야. 아마도 이리엘 누나와 놀란 형 이야기가 나올 거야."

플라스틱으로 된 작은 기린 인형을 손에 쥐여주자, 모이자는 조드에게서 눈을 떼지 않은 채 인형을 입으로 가져갔다.

"잘했어."

조드가 모이자를 칭찬했다.

조드는 한결 마음을 놓고 마룻바닥에 귀를 댔다. 식당에서는 스모그가 이야기를 하고 있었다.

"기숙사에 있던 지하세계 아이들이 모두 달아났습니다. 사태가 걷잡을 수 없어요……."

스모그는 상황을 짧게 요약했다. 수도는 쓰레기 더미 속에서 무너지고 있었다. 약탈자와 파업 노동자들이 식료품 상점과 창고에서 물건을 훔쳐 갔다. 약탈자들은 제대로 살 수 있는 삶의 조건을 갖추지 못했기 때문에 물건을 훔쳤고, 파업 노동자들은 살아남아야 하고 가족들을 먹여 살려야 하기 때문에 물건을 훔쳤다. 이 두 무리 사이에 동맹이 맺어졌다.

다른 도시들도 수도에 비해서는 사태의 진행이 느렸지만 상황은 비슷했다. 경찰들은 이리 뛰고 저리 뛰느라 기진맥진했다. 이제는 시위 참가자들에게 가스총을 쏘는 것으로는 성에 차지 않는지 경고도 없이 아무에게나 총을 쏘아댔다.

"대통령이 자리를 비웠습니다. 정부는 어쩔 줄 모르고 있고요.

모든 산업 분야가 기능 정지 상태입니다."

스모그가 말했다.

"오늘 아침부터는 여기도 전기가 들어오지 않아요. 다행히 전화는 계속 연결되지만요."

"변두리의 전화 교환국들은 당장은 타격을 입지 않을 거예요. 하지만 오래가지는 않을 겁니다."

"하수도에 있던 지하세계 아이들도 다 나왔나?"

프레데가 스모그에게 물었다.

"그걸 정확히 파악하기가 힘드네. 그 아이들은 밖으로 나와 약탈에 가담하긴 하지만, 그런 다음에는 서둘러 돌아간다네. 게다가 내가 걱정하는 것이 하나 있어. 기숙사에서 도망 나온 아이들이 하수도로 돌아가고 있어. 그것 때문에 내가 여기에 온 걸세!"

"그 아이들은 자기들이 살던 곳으로 돌아가는 거야."

프레데가 말했다.

"그야 그렇지. 하지만 그건 우리가 바라지 않던 일이 아닌가! 참, 3층에서 회복 중인 젊은 환자와 관련해서 좋은 생각이 하나 떠올랐네."

"그게 뭔가?"

프레데가 호기심을 보이며 물었다.

"저 환자가 우리에게 소중한 도움을 줄 수 있을 것 같아. 약탈자들은 대부분 어릴 때 지하세계 아이들이었어. 그러니 저 환자도 원래는 하수도에서 살았을 거야."

"하지만 저 환자는 여간해선 자기 과거 이야기를 하지 않잖아요."

"우리가 자꾸 과거 이야기를 물어서 저 환자를 귀찮게 하지 않았나!"

스모그가 반박했다.

"그래. 그 환자가 코마 상태에서 벗어난 뒤, 자네는 환자에게 불필요한 질문은 하지 말고 원기를 회복시켜주라고만 했지. 의사의 윤리대로 말이야."

"이제 저 환자는 완전히 회복되었네. 내 생각이 틀리지 않다면 저 환자는……."

"자네는 저 환자를 하수도에 보내고 싶은 거지?"

프레데가 스모그의 뜻을 불현듯 눈치채고 물었다.

"그래. 저 환자가 하수도에 있는 지하세계 아이들에게 가서 그만 나오라고 설득할 수 있을 걸세."

"저 환자 혼자서 말인가?"

"아니지. 팀을 하나 만들 거야. 저 환자가 그 팀을 안내하면 될 테고……. 이제 서로 소개하고 이야기를 나눌 시간이 되었네."

"그거라면 저 환자도 반대하지 않을 것 같군. 오늘 아침에 저 환자가 드디어 자기 이름을 말했거든."

"그래?"

"성은 모르고 이름만 있다고 했네."

프레데가 설명했다.

"내가 생각했던 대로군. 저 환자는 하수도에서 살았던 게 틀림 없네. 우리가 땅 위로 데려온 지하세계 아이들은 대부분 자기의 성을 기억하지 못했어. 그런데 그 환자의 이름이 뭐라던가?"

"아틀란."

35

다시 하수도 안. 지독한 냄새. 공포. 침묵 속에서 경계를 늦추지 않는 조심스러운 발걸음. 하수도의 침묵 속에는 소음이 배제되어 있었다. 지하철이 윙윙거리는 소리조차 들리지 않았다. 오직 수로에 흐르는 물소리만 들렸다. 침묵이 공포를 더욱 증폭시켰다. 이리엘은 놀란을 따라 걸으며 마음속에서 올라오는 공포에 저항하려고 애썼다. 불행한 일만 연이어 일어나는 것 같았다. 불안감을 몰아내기 위해 소리라도 지르고 싶었다.

두 아이는 북쪽으로 올라갔다. 얼마 있으면 비엘 마을로 향하는 두 갈래 길이 나올 터였다. 두 아이는 이리엘과 조드와 모이자가 놀란이 속했던 부랑아 패거리에게 공격받았던 장소에 도착했다. 놀란은 걸음을 늦추고 이리엘이 옆으로 올 때까지 기다렸다. 이리엘이 다가오자 손을 잡고 꼭 쥐었다. 두 아이는 손을 잡은 채 터널 출구까지 서둘러 걸어간 뒤 잠시 쉬었다. 아직까지는 아무도 마주치지 않았고, 아무런 인기척도 듣지 못했다. 이리엘은 조금 긴장을 풀었다.

두 아이는 아직 해가 뜨지 않았을 때 터널을 나왔다. 어둠은 거의 칠흑 같았다. 구름이 가느다란 그믐달을 흐릿하게 덮었다. 정수장에는 불이 꺼져 있었다.

"파업이 일어난 거야."

이리엘이 중얼거렸다.

이리엘은 앞장서서 놀란을 안내했다. 이리엘은 길을 알고 있었다. 땅 위로 올라와 비행기로 돌아갈 때 이 길을 수없이 걸었다! 두 아이는 첫 번째 정수조를 지나 들판에 도달하기 전에 넘어가야 하는 벽 쪽으로 향했다. 바로 그때, 걸걸한 웃음소리가 이리엘과 놀란 뒤쪽에서 어둠을 뚫으며 울려 퍼졌다. 이리엘과 놀란은 본능적으로 벽 앞에 쭈그리고 앉았다.

"우린 이미 너희들을 봤어!"

목소리가 들렸다. 놀란은 그 목소리의 주인이 누구인지 즉시 눈치챘다.

"옌틀란이야."

놀란이 이리엘에게 속삭였다.

"나도 눈치챘어."

이리엘이 신음하듯 대답했다.

"내 생각엔 옌틀란이 아직 우리를 알아보지 못한 것 같아. 이렇게 된 이상 선택의 여지가 없어. 벽을 넘어가야 해. 그런 다음에는 각자 뛰어가는 거야. 프랭 농장의 축사에서 만나."

놀란이 다급하게 말했다.

옌틀란의 목소리가 다시 들려왔다.

"우린 너희가 어디에 있는지 알고 있어! 알아서 이리 오지 않으면 우리가 너희들을 데리러 갈 거야. 함부로 맞설 생각은 하지 마. 우린 너희가 상대하기엔 너무 강해!"

"가자!"

놀란이 낮은 목소리로 말했다.

이리엘은 돌진했고, 다음 순간 무엇을 했는지 의식하지도 못한 채 벽 건너편에 서 있었다.

"뛰어!"

놀란이 조용한 목소리로 말했다.

놀란도 건너왔다는 것을 알고 안심한 이리엘은 뛰기 시작했다. 나무들 쪽으로 달려가 수양버들 가지 밑으로 숨어들었다. 멀리서 쉰 목소리가 울려 퍼졌고, 뒤이어 일련의 후두음이 들려왔다. 이리엘은 그 소리들이 뜻하는 것을 어렵지 않게 짐작할 수 있었다. 옌틀란 패거리가 놀란을 붙잡은 것이다! 놀란은 이리엘을 보호하기 위해 일부러 이리엘과 반대 방향으로 뛰어갔던 것이다. 이리엘은 잎이 무성한 나뭇가지를 헤치고, 백 미터쯤 떨어진 곳에 둥글게 모여 있는 그림자들을 보았다. 이리엘은 천천히 그리고 조심스럽게 그쪽으로 다가갔다. 부랑아 패거리는 자기들이 빙 둘러친 원한가운데에서 일어나고 있는 일에 몰두하느라 이리엘을 보지 못했다.

"놀란이냐? 난 네가 경찰들에게 붙잡힌 줄 알았지."

옌틀란이 빈정대는 목소리로 말했다.

"붙잡혔었어."

"그런데 왜 여기에 있어?"

"도망쳤어."

"그럼 우리를 찾고 있었냐? 너랑 같이 있던 애는 누구야?"

"어떤 애야."

"여자애?"

놀란은 대답을 망설였다.

"저런! 그 여자애 예쁘냐?"

옌틀란이 다시 물었다. 옌틀란은 동생의 망설임을 자기 마음대로 해석했다.

"모르겠어."

"모르기! 너 그 여자애랑 사귀는 사이 아니야?"

"아니야."

놀란이 분명한 목소리로 대답했다.

"저런! 그 여자애랑 사귀지 않는다고? 그럼 나한테 넘겨. 내가 그 여자애랑 사귈 테니까!"

옌틀란이 말했다.

부랑아들이 와 하고 웃음을 터뜨렸다.

"그건 안 돼."

놀란이 단호하게 대답했다.

"뭐라고? 난 네 대장이야!"

"이젠 아니지."

놀란이 힘주어 말했다.

"아니라고?"

"아니야."

"와서 이 녀석을 붙잡아!"

옌틀란이 고함쳤다.

부랑아들이 다가오기 전에 놀란이 응수했다.

"차라리 일 대 일로 한판 붙어. 그러면 누가 대장인지 알게 될 테니까."

그 말을 들은 부랑아들은 꿈쩍도 하지 않았다. 놀란은 그야말로 몹시 위급한 상황에 처해 있었다. 도전할 수밖에 없었다. 도전하는 것이 죽음을 피하는 유일한 방법이었다. 이제 놀란은 자기 형과 싸워야 했다. 옌틀란도 동생의 도전을 거부하지 않을 것이다.

놀란은 도망칠 수 있는 가능성을 어림해보았다. 부랑아들이 놀란을 촘촘히 에워싸고 있었다. 도망갈 방법은 전혀 없었다. 갑자기 옌틀란이 앞뒤 가리지 않고 덤벼들어 놀란의 가슴을 주먹으로 마구 때렸다. 놀란은 충격을 받고 비틀거렸다. 그러나 즉시 정신을 차렸다. 놀란은 머리를 숙여 옌틀란의 배를 들이받았고, 옌틀란은 바닥에 나뒹굴었다. 놀란은 옌틀란이 일어날 틈을 주지 않고 달려들어 옌틀란을 꼼짝 못하게 내리눌렀다.

"이제 내가 대장이야. 그렇다고 이 아이들에게 말해."

놀란이 말했다.

"네가 이런 식으로 나를 죽일 생각인가 본데, 그러지는 못할걸? 그러기엔 넌 너무 비겁하니까!"

옌틀란이 내뱉었다.

옌틀란과 대화를 한다는 것은 불가능했다. 놀란은 그것을 잘 알고 있었다. 놀란이 옌틀란을 죽이지 않는다면, 옌틀란이 놀란을 죽일 터였다.

이리엘은 이 장면이 벌어지는 곳에서 십 미터쯤 떨어진 가시덤불 뒤에 웅크리고 앉았다. 이리엘의 몸이 굳어졌다. 상황이 어떻게 흘러갈지 이리엘은 알고 있었다. 죽이거나 아니면 죽임을 당하거나. 부랑아들은 그것 말고 다른 규칙은 알지 못했다. 또한 놀란이 자기 형을 죽이지 않으면 형에게 죽임을 당할 거라는 사실을 알고 있었다. 이리엘은 어떻게 하면 놀란을 도울 수 있을지 절박하게 생각해보았다. 몇 달 전 이 패거리가 자신과 아이들을 공격했을 때 놀란이 한 것처럼 '경찰이다!'라고 외쳐야 할까? 주변은 아직 충분히 어두웠다. 운에 맡기고 시도해보기로 했다. 이리엘은 껑충 뛰어 몸을 일으키며 소리쳤다.

"경찰이다!"

부랑아들이 삽시간에 흩어졌다. 이리엘은 선 채로 가만히 있었다. 도망가던 부랑아 두 명이 이리엘과 딱 마주쳤다.

"여자아이다!"

두 아이가 외쳤다.

달아나던 부랑아들이 즉시 몸을 돌려 돌아왔다. 두 아이는 이리엘을 붙잡아 놀란 주위에 다시 만들어진 원 한가운데로 데려갔다. 놀란은 바닥에 누운 옌틀란 위에 계속 걸터앉아 있었다. 놀란이 부랑아들에게 끌려오는 이리엘을 휘둥그런 눈으로 쳐다보았다.

"그 여자아이잖아! 네가 나를 죽이지 않으면, 너의 죽음을 기념해 내가 이 여자애를 차지할 거야!"

놀란의 감정을 눈치챈 옌틀란이 빈정대듯 말했다.

부랑아들이 또 와 하고 웃음을 터뜨렸다. 그리고 다시 조용해졌다. 놀란이 계속 몸을 누르고 있어서 옌틀란은 놀란에게서 벗어나지 못했다. 그러나 쉬지 않고 놀란에게 빈정댔다.

희부연 빛이 동쪽 하늘을 비추었다.

놀란은 이리엘을 다시 쳐다보았다. 두 남자아이가 이리엘의 팔을 붙잡고 있었다. 싸움을 포기한다면, 놀란은 죄를 짓지 않고 죽을 것이다. 그러나 세상에서 가장 소중한 이리엘을 난폭한 옌틀란의 손에 넘겨주게 될 것이고, 이리엘은 비열한 부랑아들 속에서 괴롭게 살아가야 할 것이다. 조드와 모이자도 어린 부모 없이 힘들고 외롭게 살아야 할 것이다. 이 부랑아들 역시 난폭하고 잔인한 옌틀란의 지배를 받으며 야만적인 삶을 이어나갈 것이다.

놀란은 옌틀란을 내려다보았다. 옌틀란은 끊임없이 몸부림치고 있었다. 옌틀란이 힘을 그러모으는 것이 느껴졌다. 놀란은 옌틀란의 두 팔을 놓아준 뒤, 옌틀란이 공격을 시도할 틈을 주지 않고 주먹으로 있는 힘을 다해 옌틀란의 머리를 후려쳤다. 옌틀란은 움찔하더니 더 이상 움직이지 않았다. 그리고 긴 침묵이 계속되었다.

"죽었어?"

마침내 부랑아 여자아이 하나가 물었다.

놀란은 대답하지 않았다. 죽은 옌틀란에게서 눈을 뗄 수가 없었다.

이리엘을 붙잡고 있던 남자아이들 중 하나가 놀란에게 다가와 말했다.

"이제 네가 우리 패거리의 대장이야."

다른 남자아이는 이리엘을 놀란 쪽으로 밀면서 말했다.

"얘는 네 여자 친구이고. 우린 얘한테 아무 짓도 하지 않았어."

이리엘이 다가와 놀란의 손을 잡으며 억양 없는 목소리로 중얼거렸다.

"이제 우린 살았어."

"이제 십오 분만 더 가면 프랭 농장이야."

놀란이 이리엘과 비슷한 어조로 대꾸했다.

"저 애들에게 무슨 말이든 해봐. 그러지 않으면 저 애들이 우리를 결딴내겠어."

이리엘이 속삭였다.

그러자 놀란이 몸을 세우고 외쳤다.

"이제부터 내가 너희들의 대장이다! 이리엘은 내 여자 친구이고. 이리엘을 건드리는 녀석은 죽여버릴 거야."

부랑아들에게서 동의의 웅성거림이 솟아올랐다. 부랑아들은 뒤로 물러났다. 그러자 그 아이들이 만들고 있던 원이 커졌다. 옌틀란은 원 한가운데에 널브러져 있었다. 놀란과 이리엘은 옌틀란을 내려다보고는 눈길을 주고받았다.

"이제 어떻게 하지?"

부랑아들을 모두 데리고 프랭 농장에 갈 수는 없었다.

그건 농장에 살고 있는 사람들에게도, 조드와 모이자에게도 너무 위험했다. 만일 조드가 모이자를 데리고 프랭 농장에 가 있다면 말이다. 놀란은 하수도 안에서 살 마음이 없었다. 이리엘 역시 하수도 생활이 어떤 것인지 충분히 알고 있었다. 놀란은 이리엘의 손을 꼭 쥐고는 부랑아들에게 물었다.

"너희들의 마지막 은신처는 어디였어?"

"하얀 글씨 은신처."

누군가가 대답했다.

"발랑크! 발랑크 여기에 있어?"

놀란이 발랑크라는 아이를 찾았다.

"나 여기 있어."

키 큰 남자아이가 큰 소리로 대답하며 원에서 나왔다.

"나는 잠깐 땅 위에 다녀올 테니, 내가 돌아올 때까지 네가 대장 노릇을 해. 만일 내가 돌아오지 않으면 네가 계속 대장 노릇을 해. 일이 여의치 않으면 하얀 글씨 은신처에서 만나도록 하자. 너희들은 거기에 자주 들르니까, 내가 거기로 가면 너희들을 다시 만날 수 있을 거야. 지금 땅 위에는 전쟁이 벌어지고 있어. 우리가 하수도에서 벗어날 방법도 준비되었고. 이 기회를 놓치지 말고 시도해봐야 해!"

"하지만 땅 위는 무섭고 위험해."

누군가가 이의를 제기했다.

"아무튼 시간을 두고 지켜보자고. 발랑크, 원하는 아이들은 떠나도록 내버려둬. 하지만 그 애들이 다시 돌아오면 받아줘. 그 애들을 죽이지 마."

놀란이 말했다.

"알았어!"

발랑크가 대답했다. 그리고 부랑아들에게 출발 신호를 보냈다.

부랑아들은 새로운 대장을 따라 길을 떠났다.

놀란이 몸을 숙여 옌틀란의 시체를 안아 올렸다. 그리고 이리엘과 함께 프랭 농장 방향으로 걷기 시작했다.

36

이리엘이 앞에서 걸어갔다. 뒤따라오는 놀란의 속도가 점점 느려졌다. 엔틀란의 시체 때문이었다. 그러나 놀란은 이리엘에게 도움을 청하지 않았다. 놀란은 자기 형을 죽였다. 그 생각에 정신이 몽롱했다. 놀란은 형을 죽인 살인자였다. 그 생각이 마치 독약처럼 놀란의 혈관 속을 흘렀다. 아무도 놀란에게서 그 생각을 없애줄 수 없었다. 이리엘조차도.

이리엘과 놀란은 파괴 공사 현장을 우회해 구역 가장자리를 따라 걸어갔다. 비행기가 있었다. 두 아이는 지나가며 비행기를 바라보았다. 하지만 아무 말도 하지 않았다. 하늘에 공같이 둥글고 붉은 태양이 떠올랐고, 마침내 농장이 모습을 드러냈다. 이리엘은 걸음을 멈추고 조금 기다린 뒤, 놀란이 대문을 통해 안으로 들어가게 했다.

뜰에는 아무도 없었고, 한가운데에 아에로솔로 한 대가 놓여 있었다. 릭 가족 말고 다른 사람들이 있는 것 같았다. 경찰들일까?

이리엘과 놀란은 본능적으로 곡물 창고로 달려 들어갔다. 창고 안의 어슴푸레한 빛에 익숙해지기까지는 몇 초가 필요했다. 잠시 후, 놀란은 옌틀란의 시체를 창고 입구 왼쪽 벽에 있는 긴 의자에 내려놓았다.

바로 그때, 조드의 즐거운 목소리가 울려 퍼졌다.

"이럴 줄 알았어! 언젠가 누나와 형이 올 줄 알았어!"

조드가 좁고 가파른 계단을 걸어 내려왔다.

"이리엘 누나!"

조드가 이리엘의 품에 뛰어들며 외쳤다.

이리엘은 두 팔을 벌려 조드를 꼭 안아주었다.

"누나와 형이 올 줄 알았어! 그럴 줄 알았어! 가난한 사람들이 전쟁을 일으켰으니까! 누나도 알고 있지?"

이리엘은 조드의 질문에 대답하지 못했다. 감정이 복받쳐 올라 말문이 막혀버렸기 때문이다. 이리엘은 울었다. 놀란이 이리엘과 조드에게 다가왔다. 놀란은 조드의 얼굴에 자기 얼굴을 가져다 댔다. 그러자 조드가 놀란을 왼쪽 팔로 감쌌다. 오른쪽 팔로는 이리엘의 어깨를 안고 있었다.

조드가 물었다.

"왜 집 안으로 들어가지 않고 창고로 들어왔어? 내가 여기에 있는 걸 본 거야?"

"아니. 우린 아에로솔로를 봤어."

놀란이 대답했다.

"그건 스모그 아저씨 거야. 스모그 아저씨는 비르질리아 아주머니와 프레데 아저씨의 친구야. 난 스모그 아저씨를 아주 좋아해. 스모그 아저씨는 오늘 아침 일찍 왔어. 그리고 프레데 아저씨와 함께 밖에 나갔어. 나는 여기서 그 아저씨들을 기다리고 있었고."

조드가 엔틀란의 시체를 가리키며 물었다.

"저 사람은 누구야?"

"내 형이야."

"죽었어?"

"응."

"흠!"

조드가 신음했다.

이리엘이 조드를 시체로부터 떼어놓기 위해 창고 문 쪽으로 끌고 가며 물었다.

"그런데 비르질리아 아주머니와 프레데 아저씨는 누구야?"

"그 아주머니와 아저씨가 바로 우리에게 편지를 보냈던 릭 가족이야! 아주 친절해."

조드가 대답했다.

"너 그동안 그 사람들 집에서 살았어?"

"응. 난 누나랑 형이 올 줄 알았어. 꼭 그럴 거라고 믿었어. 모이자에게도 매일 그렇게 말했어. 우린 릭 가족의 전화번호를 외워뒀잖아! 안 그래?"

조드가 되풀이해 말했다.

"모이자! 너, 모이자도 여기로 데려왔구나!"

"물론이지. 그리고 모이자에게 계속 누나와 형 이야기를 했어! 모이자도 누나와 형을 기다렸어! 아, 모이자는 저기서 자고 있어. 내 생각엔 조금 있으면 깨어날 것 같아."

그때 집 현관문이 찰카닥 소리를 냈고, 비르질리아가 외출했다 돌아온 프레데와 스모그를 맞이하기 위해 현관 앞 계단 세 개를 내려왔다.

조드가 창고에서 달려나가 어른들에게 소리쳤다.

"이리 와보세요! 이리엘 누나랑 놀란 형이 왔어요! 빨리 와보세요!"

조드가 조바심을 냈다. 조드는 이리엘과 놀란의 마음속을 떠나지 않는 불안감을 전혀 모르는 것 같았다.

"내가 모이자와 함께 기숙사에서 도망쳤을 때, 스모그 아저씨와 비르질리아 아주머니가 우리를 데리러 왔어."

조드가 이리엘과 놀란에게 말했다.

"그리고 우리를 여기로 데려왔어. 우리는 아에로솔로를 타고 하늘을 날았어! 나는 하늘을 날고 싶으면 언제든지 날 수 있어. 내가 부탁하면 스모그 아저씨가 나를 아에로솔로에 태워주거든. 하지만 자주 부탁하지는 않아. 스모그 아저씨는 일이 많고 바쁘니까. 스모그 아저씨는 의사야. 그래서 사람들을 많이 치료해줘야 해. 그리고 스모그 아저씨는 이번 전쟁의 대장이야."

조드가 이쪽으로 다가오는 세 어른이 듣지 못하도록 속삭여 말했다.

비르질리아가 다가와 이리엘과 놀란에게 말했다.

"우리 집에 온 걸 환영한다. 조드가 우리에게 너희들 이야기를 아주 많이 했어! 너희들은 이미 우리 가족의 일원이야."

조드가 이리엘과 놀란을 어른들에게 소개했다.

그때 창고에서 낮은 신음이 들렸고, 놀란은 옌틀란의 시체 쪽으로 급히 다가갔다. 죽은 줄 알았던 옌틀란이 몸을 뒤채고 있었다.

"저 아이는 누구냐?"

프레데가 와서 물었다.

"어디가 아픈 거냐, 아니면 부상을 당한 거냐?"

스모그도 걱정하며 물었다.

"우린 저 아이가 죽은 줄 알았어요."

이리엘이 대답했다.

놀란은 그동안 있었던 일들을 재빨리 요약해서 말했다. 창고 안에서 옌틀란의 신음이 들렸을 때, 놀란은 한 줄기 희망에 사로잡혔다. 옌틀란이 살아 있었던 것이다! 그리고 스모그가 의사다!

그렇다면 옌틀란은 목숨을 건질 수 있을 것이다!

스모그, 프레데, 그리고 놀란은 아틀란이 회복기 동안 지냈던 방으로 옌틀란을 옮겼다. 놀란은 옌틀란 곁을 떠나지 않으려고 했다. 그러나 스모그는 놀란에게 부상자를 조용히 진찰해야 하니 다른 사람들과 함께 나가 있으라고 했다.

놀란은 천천히 계단을 내려왔다. 놀란의 마음에 어두운 그림자가 드리웠다. 놀란은 옌틀란 곁에 남아 있고 싶었다. 옌틀란 곁을 떠나기 싫었다. 할 수만 있다면 옌틀란과 함께 죽고 싶었다.

거실에서 사람들이 활기차게 대화를 나누고 있었다. 놀란은 조심스럽게 거실로 다가갔고, 한 젊은 남자의 목소리를 들었다. 그리고 그 목소리의 주인이 누구인지 즉시 알아챘다. 놀란은 걸음을 멈추었다. 목소리의 주인은 아틀란이었다!

아틀란과 헤어질 때 놀란은 아틀란이 두 남자에게 이끌려 가스총이 내뿜은 안개 속으로 사라지는 것을 보았다. 그러나 두 남자가 경찰인지 약탈자들인지 분간하지 못했다. 그때 놀란은 아틀란의 이름을 목이 터져라 불렀다. 이어서 작은형 옌틀란을 불렀다. 둘이 힘을 합치면 아틀란을 구할 수 있을지도 몰랐다. 하지만 옌틀란은 아무런 반응도 보이지 않았다. 그때로부터 족히 일 년이 흘렀다.

놀란은 한동안 망설였다. 아틀란과의 재회가 두려웠던 것이다. 마침내 놀란은 마음을 정하고 거실 안으로 들어갔다. 천천히 걸음을 옮겼다.

"아틀란 형?"

놀란이 아틀란을 불렀다.

조금 아까 아틀란의 목소리를 분명히 들었지만, 아직도 그것이 믿어지지 않았다.

"놀란!"

아틀란이 외쳤다. 그리고 놀란을 향해 즉시 달려왔다.

"아틀란 형! 내가 엔틀란을 죽였어. 내가 엔틀란 형을 죽였어······."

놀란이 알아듣기 힘든 말투로 중얼거렸다.

아틀란이 놀란을 두 팔로 껴안아주었다.

"이리엘, 어떻게 된 건지 아틀란 형에게 말해줘."

놀란이 이리엘에게 부탁했다.

놀란이 형의 품안에 웅크리고 있는 동안, 이리엘은 부랑아 패거리와 만났던 일을 이야기했다.

이리엘이 이야기를 마치자 아틀란이 대꾸했다.

"엔틀란의 상태가 심각하다면 스모그가 우리에게 말해줄 거야. 그런데 너는 누구니?"

놀란이 형의 품에서 벗어나 이리엘과 조드 곁에 가서 앉았다. 그리고 이리엘과 조드의 도움을 받으며 지난 여섯 달 동안 있었던 일들을 아틀란에게 모두 이야기했다.

"그런데 형, 형은 그동안 어떻게 지냈어?"

놀란이 물었다.

"어떤 두 남자가 형을 데려가는 걸 봤을 때, 나는 형을 다시는 볼 수 없을 거라고 생각했어. 그 사람들이 경찰인지 약탈자들인지는 알 수 없었지만……."

"약탈자들이었어. 그 사람들이 내 목숨을 살려줬어. 그 사람들이 나를 자기들 무리에 받아줬지."

아틀란은 약탈자들과 함께 지낸 이야기를 들려주었다. 하수도의 삶과 비슷한 삶이었다. 똑같이 불안정하고 불확실한 삶이었다. 똑같은 법칙에 지배되는 삶이었다. 무리의 일원들 간에 똑같은 폭력이 존재했다. 무기와 약물 암거래까지. 약탈자 무리는 땅 위에서 물건을 훔치고 돈을 갈취했다.

아틀란은 보석상을 약탈한 뒤 경찰에게 공격받아 부상을 입은 이야기와 스모그가 자기 목숨을 구해준 이야기를 해주었다. 최근 스모그의 조직을 도와 사태에 참여하기로 한 것에 대해서는 이야기할 시간이 없었다. 스모그와 프레데가 거실로 들어왔고, 놀란은 스모그에게 서둘러 물었다.

"옌틀란 형의 상태는 어떤가요?"

"별로 낙관할 수가 없구나. 엑스레이 촬영을 해봐야 할 것 같다. 하지만 환자를 병원으로 운반할 수 없을 거야. 그렇다고 여기서 수술을 할 수도 없고……."

"형이 죽을까요?"

"상태가 위급하다. 그저 기다려볼 수밖에 없어. 지금으로서는 아무것도 할 수가 없어……."

"고비를 넘길 가능성은요?"

아틀란이 스모그의 말을 자르고 물었다.

"그럴 가능성은 희박하다. 아주 희박해."

스모그가 털어놓았다.

"당신은 내 목숨을 구해줬어요, 스모그. 그러니 옌틀란의 목숨도 구할 수 있어요."

아틀란이 매달리듯 말했다.

"아니야, 아틀란. 옌틀란은 너와는 상황이 달라. 그때 나는 너를 수술할 수 있었지만, 지금 옌틀란에게는 아무것도 할 수가 없어."

스모그가 대답했다.

"이해하기 힘드네요. 하지만 나는 땅 위의 일들을 잘 알지 못하니까 당신 말이 옳겠죠."

아틀란이 겨우 수긍했다.

"내가 옌틀란 형을 죽였어."

놀란이 되뇌었다.

아틀란이 갑자기 화를 내며 말했다.

"놀란, 너에겐 선택의 여지가 없었어. 옌틀란은 하수도의 법칙대로 행동했어. 그러니 너는 자학할 필요가 전혀 없어. 할 수만 있었다면 옌틀란은 아무런 동정심 없이 너를 죽였을 거야. 너도 그건 잘 알겠지. 그 경우 이리엘에게 무슨 일이 일어났을지도. 옌틀란도 내 동생이지만, 그 애가 난폭하다는 건 나도 인정해. 죽었다 깨어난다 해도 옌틀란의 성격은 변하지 않을 거다!"

"아틀란 말이 옳아."

프레데가 힘주어 말했다.

아틀란이 딱딱한 목소리로 계속 말했다.

"그러니 죄의식을 느끼지 마. 네가 그러지 않았더라도 옌틀란은 싸움을 하다가 죽었을 거야. 지하세계 아이들의 삶이 원래 그렇잖아."

"나는 몇 달 전부터 지하세계 아이가 아니야! 여름이 되기 전 이리엘을 만난 후로!"

놀란이 항의하듯 말했다.

"너는 그렇겠지! 하지만 옌틀란은 아니야! 그 패거리에 속한 다른 부랑아들도 아니고! 그 패거리와 다시 맞닥뜨렸을 때, 너는 너와 이리엘의 목숨을 구하기 위해 다시 지하세계 아이가 되어야 했을 거야. 그 순간 너는 하수도의 법칙을 다시 따랐을 거야. 그러니 놀란, 너는 살인자가 아니야. 너는 네 목숨과 여자 친구의 목숨을 구한 것뿐이야. 네가 그렇게 한 것은 옳았어!"

아틀란은 온화한 목소리로 끈질기게 설득했다.

놀란이 울기 시작했다. 두 팔을 뻣뻣하게 늘어뜨리고 얼굴을 가슴팍에 떨어뜨린 채. 이따금 격한 흐느낌 때문에 놀란의 어깨가 들썩였다. 놀란은 넋이 나간 것 같았다.

비르질리아가 놀란의 손을 붙잡고 소파에 앉히며 말했다.

"괜찮아. 이제 너는 더 이상 지하세계 아이가 아니야."

아틀란이 놀란 옆에 와서 앉으며 계속 말했다.

"지금 이 순간까지 네가 한 일을 땅 위의 법칙으로 판단할 권리는 아무에게도 없어. 땅 위 사람들은 하수도 생활이 어떤지 모르니까. 내 말 알겠니, 놀란? 너는 죄인이 아니야."

아틀란은 동생의 어깨 위에 두 손을 얹고 동생을 흔들었다.

비르질리아가 아틀란을 부드럽게 제지하며 말했다.

"놀란도 알아들었어. 알아들었을 거야."

"네 형 말이 옳아, 놀란."

스모그가 맞장구쳤다.

"이 사회가 진짜 죄인이야. 사람들이 옳지 못한 방법으로 돈을 쓰도록 방치하고, 가진 것 없고 힘없는 사람들을 잔인하게 저버린 사회 말이야. 이 사회는 아이들을 인간답게 키우기를 포기했어. 그래서 수천 명의 아이들이 하수도 안에서 야만인처럼 살게 되었지. 이 사회는 지하세계 아이들이 야만적인 법칙에 붙들려 살도록 방치했고, 너에게 친형을 죽이는 것 말고 생존을 위한 다른 기회를 주지 않았어. 아틀란 말이 옳아. 너는 죄인이 아니야."

"그래도 내가 옌틀란 형을 때렸잖아요."

놀란이 하도 울어서 경련을 일으키며 대꾸했다.

이리엘도 울고 있었다. 이리엘은 기진맥진했다. 기숙사에서 도망칠 때 상상했던 것과는 상황이 너무나 달랐다. 이리엘은 놀란의 편지 내용을 다시 떠올려보았다. '우리는 너무나 잘 지냈던 그곳으로 돌아가지 못할 거야. 다른 데로 갈 거야. 그리고 함께할 거야. 그것도 좋을 거야.'

하지만 이 상황은 결코 좋지 않았다. 옌틀란의 죽음이 불길한 그림자처럼 놀란과 이리엘 위를 떠돌 터였다.

아에로솔로가 뜰에 내려앉으며 부르릉거리는 소리가 놀란의 말 이후 드리워졌던 침묵을 깨뜨렸다.

비르질리아가 창가로 다가가 뜰을 내다보았다.

"페넬로프 롤프예요."

비르질리아가 말했다.

프레데가 나가서 문을 열어주고는 치안국 정무차관 페넬로프 롤프와 함께 돌아왔다.

페넬로프 롤프가 단도직입적으로 말했다.

"한 시간 뒤에 공식 발표가 나요. 대통령은 사임할 거고, 한동안 현 정부의 각료들이 대통령의 직무를 대행할 거예요. 한 달 뒤에는 대통령 선거를 치를 거고요."

"그게 최선의 해결책이겠지요."

스모그가 그간 기대했던 안도감도 느끼지 못한 채 대꾸했다.

"당연히 당신이 대통령 선거에 출마해야죠."

페넬로프 롤프가 말했다.

스모그가 뭐라고 대답하기도 전에 프레데가 끼어들어 말했다.

"자네가 우리 모두 중에서 가장 인기 있고 나이도 많잖아. 그리고 가장 정직하고."

스모그가 자리에서 일어나며 대꾸했다.

"오팔리아와 함께 진지하게 고민해볼게. 지금은 옌틀란을 잘 돌봐줘. 가능한 한 빨리 돌아올 테니까."

2층에서 아기 울음소리가 들렸다. 모이자가 잠에서 깨어난 것이다.

"내가 데리러 갈게."

조드가 자리에서 튀어오르며 말했다.

"이리엘 누나와 놀란 형이 돌아왔다고 모이자에게 말할게. 그렇게 말해도, 누나와 형을 봐도, 모이자는 별로 놀라지 않을 거야."

조드가 고개를 돌려 이리엘과 놀란을 보며 덧붙였다.

37

스모그는 최근에 이루어진 획기적인 의학적 발견에 대해 깊이 고민했다. 황체호르몬을 투여해 뇌혈종의 크기를 줄이는 방법이 었다. 이 방법에 관해 논문을 쓴 미국의 신경과 의사가 이 방법을 환자에게 써서 환자를 회복시키는 데 성공했다. 그러나 스모그는 엔틀란의 생존에 헛된 희망을 걸고 싶지 않았다. 스모그는 아내 오팔리아와 함께 큰 병원으로 갔다.

스모그 조직의 일원인 병원 약국 책임자는 별 어려움 없이 황체호르몬을 마련해주었다.

스모그는 프랭 농장을 떠난 지 두 시간이 못 되어 오팔리아와 함께 돌아왔다. 엔틀란의 상태를 보니 차도가 별로 없었다. 스모그는 첫 1회분의 황체호르몬을 엔틀란에게 투여한 뒤 환자 옆에서 밤을 보내기로 했다.

스모그와 오팔리아는 대통령 선거가 예정보다 일찍 치러질 거라고 진즉에 예측했다. 아까 친구들이 권하기도 했지만, 사실 스모그는 이미 오래전에 대통령 선거에 출마하기로 결심했다. 농장에 돌아온 스모그는 대통령 후보로 출마하겠다고, 그리고 프랭 농장에 대통령 선거 캠프를 차릴 거라고 공식적으로 선언했다. 캠프는 단출하게 꾸려졌다. 스모그의 아내 오팔리아와 친구 샤를 베카, 프레데, 비르질리아, 아틀란과 페넬로프로 구성되었다. 스모그는 동업 조합 공조 책임자 알리스 페르도 자신의 편으로 꼭 영입하고 싶었다.

저녁 식사 후, 스모그는 옌틀란 곁에 있었고, 비르질리아는 나머지 사람들을 사람이 살지 않는 건물 한쪽으로 데려갔다. 방들을 분배해주기 위해서였다.

한밤중에 옌틀란이 숨을 몰아쉬더니 놀란을 불렀다. 스모그는 놀란과 아틀란 형제를 깨우러 갔다.

스모그가 말했다.

"옌틀란이 의식을 찾았다. 이게 좋은 징후인지 잘 모르겠구나. 사실 상태는 더 나빠졌어. 이 밤을 넘기기 힘들 것 같다."

놀란과 아틀란은 옌틀란이 있는 방으로 건너왔다. 두 형제는 옌틀란의 침대 양쪽에 앉아 죽어가는 옌틀란의 손에 각자 손을 얹었다.

"놀란."

옌틀란이 거친 숨을 토해내며 말했다.

"나 여기 있어. 아틀란 형도 여기 우리와 함께 있고……."

"아틀…… 란……."

"그래, 나 여기 있어."

아틀란이 말했다.

아틀란은 어머니 같은 몸짓으로 옌틀란의 이마에 손을 얹고 부드럽게 어루만졌다.

"그래, 나 여기 있어. 그리고 놀란도……."

아틀란이 되뇌었다.

아틀란은 한참 동안 애를 쓰다가 마침내 말했다.

"우린 너를 사랑해……."

"미안해, 옌틀란 형."

놀란이 중얼거렸다.

"그래."

옌틀란이 신음하며 대답했다.

놀란은 옌틀란의 손을 꼭 쥐었다.

"미안해, 놀란……."

옌틀란이 마지막으로 말했다. 그리고 목소리가 꺼져들었다.

스모그가 다가와 옌틀란의 손목을 쥐고 맥을 짚어보았다.

"사망했다."

스모그가 말했다.

옌틀란은 사흘 뒤 아침 일찍 매장되었다. 장례식은 짧게 끝났다. 오팔리아, 비르질리아, 스모그, 프레데, 이리엘, 놀란, 그리고 아틀란이 관 뒤에서 줄을 지어 마을의 묘지까지 따라갔다. 그리고 검은 옷을 입은 남자들이 옌틀란의 시신을 릭 가족의 지하 묘소에 내려놓았다.

아틀란이 침묵을 깨뜨리고 말했다.

"옌틀란은 평생 이렇게 깨끗하고 평화로운 곳에서 살아본 적이 없어요."

말을 마친 아틀란은 사람들을 밖으로 이끌었다. 놀란의 팔을 잡고는 묘지를 돌아보지 않고 단호한 걸음으로 밖으로 나갔다.

아틀란이 말했다.

"스모그가 나에게 하수도에 가서 지하세계 아이들을 설득해달라고 부탁했어. 땅 위로 나와서 살라고 말이야. 과거에 지하세계 아이였던 사람들로 이루어진 팀 하나도 꾸려줬어. 하지만 준비가 충분하지 않아. 네가 나를 도와주면 좋겠어."

놀란은 조용히 있었다. 아틀란의 제안이 놀란에게는 엉뚱하게만 느껴졌다. 자신이 아틀란의 말을 제대로 이해한 건지 알 수 없었다. 사실 놀란은 제정신이 아니었다. 죽은 옌틀란의 얼굴이 자꾸만 떠올랐고, 옌틀란을 죽였다는 죄의식 때문에 머릿속이 몽롱했다.

"하수도로 돌아가자는 뜻이 아니야."

놀란의 침묵을 오해한 아틀란이 계속 말했다.

"우린 세 시간 이상 하수도에 머물지 않을 거야. 그건 너무 위험한 일이니까."

"난…… 잘 모르겠어."

놀란이 더듬더듬 대답했다.

잠시 후 두 형제는 다른 사람들과 함께 프랭 농장에 도착했다. 집 안에서 주변을 살피고 있던 조드가 유리창을 가볍게 두드리고는 손을 흔들었다.

"이제 네 삶은 저 꼬마 쪽에 있어."

아틀란이 조드에게 손을 흔들며 힘주어 말했다.

"그리고 모이자 쪽에……. 내가 하는 말이 무슨 뜻인지 이해하지, 놀란?"

"응."

형제는 다른 사람들과 함께 집 안으로 들어가 두 어린아이와 합류했다. 조드가 놀란의 품으로 뛰어들었고, 모이자는 이리엘에게 두 팔을 내밀었다. 비르질리아와 오팔리아가 음료와 과자를 가져왔고, 모두들 탁자 앞에 둘러앉았다.

38

놀란은 이리엘과 오랫동안 이야기를 나눈 뒤 마침내 형의 제안을 받아들였다. 이후 놀란은 한 번도 빠지지 않고 하수도에 들어갔다. 매일 세 시간 동안 하수도 안을 돌아다녔다. 공포, 극도의 경계심, 지독한 냄새를 다시 경험해야 했다. 불안한 마음으로 부랑아들 패거리에 접근해야 했다. 놀란은 용기를 내려고, 이 일이 자기에게 얼마나 고통스러운지 다른 사람들에게 드러내지 않으려고 애썼다.

그들은 하수도 안의 여러 구역들을 하나하나 살피고 돌아다녔다. 팀은 과거에 지하세계 아이였던 약 삼십 명의 사람들로 이루어졌다. 이들은 터널의 거의 모든 출입구를 알고 있었다. 부랑아들과의 만남은 대개 거칠었다. 드물기는 했지만, 그 아이들을 수월하게 설득하는 일도 있었다. 그러나 보통은 패거리의 대장과 맞닥뜨려 그 아이가 항복할 때까지 싸워야 했다. 그런 다음에야 제대로 이야기를 하고 이야기를 들을 수 있었다. 대장의 지배에서 해방된 아이들은 팀에 합류하겠다고 결심하기도 했다. 어린아이나 여자아이들이 많이 그랬다. 그 아이들은 아틀란을 따라왔고, 아틀란은 터널과 들판을 가로질러 프랭 농장까지 그 아이들을 이끌었다. 그런 다음에는 스모그의 조직에 속한 사람들의 가족들에게 맡겼다. 아이가 있는 부부들은 여덟 살에서 열두 살 사이의 아이들을 맞아들였고, 가장 호전적인 청소년들은 아이가 없는 부부들이 맡았다. 베라 부르날이 이끄는 팀은 그 아이들의 뿌리를 찾고 가족을 찾아주는 일을 했다.

이리엘과 놀란은 지하세계 아이들을 곧바로 학교에 보내지 말고 자연스럽게 땅 위의 생활에 적응하게 해주라고 조언했다. 스모그와 베라는 두 아이의 말을 새겨들었다. 지하세계 아이들은 충분히 존중받았고, 부드럽게 그리고 천천히 땅 위 생활에 적응했다.

놀란은 차츰 제정신으로 돌아왔다. 옌틀란의 죽음 때문에 겪었던 악몽이 조금씩 멀어져갔다. 그 비극적인 사건 이후 놀란의 얼굴을 어둡게 했던 슬픔의 베일도 희미해졌다. 놀란은 다시 조드와 모이자와 놀아주기 시작했다. 생기가 차츰 돌아왔다. 자신은 의식하지 못했지만, 놀란은 하수도에 들어가 지하세계 아이들을 땅 위로 데리고 나오는 일을 하면서 죄의식을 씻어내고 탈출구를 발견했던 것이다.

대통령 선거 며칠 전, 아틀란은 우연히 자기가 어릴 때 살던 구역을 발견했다. 아틀란은 놀란에게는 아무 말도 하지 않고, 베라에게만 그 이야기를 했다. 베라는 그 구역의 기록부를 찾아보겠다고 약속했다.

스모그는 대통령 선거 때문에 무척 바빴다. 그래서 프랭 농장에는 잠깐씩만 들렀다. 하지만 하수도에서 지하세계 아이들을 데리고 나오는 일에는 꼼꼼히 신경을 썼다.

스모그는 한 달 동안 쉬지 않고 나라 방방곡곡을 누비고 다녔다. 조직의 창립자 중 한 사람이 대통령 선거에 출마하자, 많은 국민이 희망을 걸었다. 스모그는 그것을 염려스럽게 생각했다. 나에게 맡겨질 직무를 잘 수행할 수 있을까? 스모그의 눈이 짙은 눈썹 밑에서 다시 어두워졌다. 스모그는 조직을 창립하기 전 수 년 동안 오팔리아가 보았던 슬프고 딱딱한 가면을 다시 썼다.

드디어 투표 날 아침이 되었다. 오팔리아가 스모그에게 농담을 했다.

"오! 당신 지금 별명에 딱맞는 얼굴이 되었네요! 임무를 제대로 수행할 수 있을지 궁금하죠?"

"현기증이 나. 겁도 나고."

스모그가 고백했다.

"겁이 난다니 다행이네요! 그 두려움과 무서움이 당신에게서 떠나지 않으면 좋겠어요. 당신이 거만함, 지나친 확신, 당신의 자리에서 이익을 끌어내려는 욕망에 굴복하지 못하도록 말이에요. 권력은 끔찍한 유혹을 함께 몰고 오니까요."

"만일 나도 모르게 사악한 유혹에 이끌려도, 당신과 동료들이 내가 유혹에 굴복하지 않도록 도와줄 거라고 믿어."

"그럼요, 당신은 언제든지 나를 믿어도 돼요."

오팔리아가 대답했다.

그날이 저물 때쯤, 마을 주민들이 프랭 농장의 뜰에 모여들기 시작했다. 주민들의 얼굴에는 행복감과 기대가 가득했다. 스모그의 당선을 의심하는 사람은 아무도 없었다.

투표 결과가 나오기 전, 길게만 느껴질 기다림을 피하기 위해, 이리엘은 놀란, 조드, 모이자를 A380으로 데려갔다. 간식을 조금 가져갔고, 네 아이는 비행기 식당에서 마지막으로 식사를 했다.

"작업이 다시 시작되면 이곳은 어떻게 될까?"

놀란이 말했다.

"여긴 파괴 공사 현장이니까 이 비행기도 파괴하겠지."

이리엘이 대답했다.

"그럼 우리는? 우리는 여기서 살지 못하잖아."

조드가 걱정하며 물었다.

"우리는 이제부터 프랭 농장에서 살 거야."

"다 함께?"

"다 함께."

놀란이 확인해주었다.

"기숙사로는 돌아가지 않아?"

"그래."

"모이자도, 그리고 나도?"

"모이자도, 그리고 너도."

"우리한테 부모가 없어도?"

"너희한테는 부모가 있어."

이리엘이 말했다.

"원래는 없었지. 하지만 이제는 있어."

조드가 웃으며 대답했다.

"이제는 있지. 이리엘이 곧 열여덟 살이 되니까."

놀란이 말했다.

"그리고 놀란은 이미 열여덟 살이고!"

이리엘이 놀란의 말을 자르고 말했다.

"그걸 어떻게 알았어? 난 놀란 형이 자기 생일을 모른다고 생각했는데!"

조드가 깜짝 놀라며 물었다.

"아틀란이 어릴 때 놀란과 함께 살던 구역을 알아냈어. 그래서 베라가 아틀란, 옌틀란, 놀란의 기록부를 찾아냈고. 그 기록부를 보고 놀란이 지난 12월 8일에 열여덟 살이 됐다는 걸 알았지!"

"우린 입양 절차를 밟기 시작했어."

놀란이 말했다.

"스모그가 그러는데, 그럴 수 있대. 입양 신청이 받아들여질 거래. 지하세계 아이들이 가족을 갖도록 모든 조치가 이루어질 거야."

이리엘이 설명했다.

"그러니까 이리엘과 나는 너희의 진짜 부모가 될 거야. 가족 대장을 갖게 될 거고, 너희들의 출생 신고도 할 거야."

놀란이 감동한 목소리로 덧붙였다.

처음에 조드는 말없이 가만히 있었다. 그러더니 자리에서 일어나 이리엘의 무릎에 앉아 있는 모이자에게 다가갔다. 그리고 모이자의 얼굴에 자기 얼굴을 숙이고 말했다.

"너 들었지, 모이자? 너와 내가 진짜로 남매가 될 거래. 그리고 이리엘 누나와 놀란 형은 우리의 진짜 부모가 될 거래."

모이자가 손을 뻗어 조드의 코를 움켜쥐더니 마구 흔들었다.

"아 라아아 라 다!"

모이자가 옹알거렸다.

조드는 웃으면서 몸을 빼고는 놀란과 이리엘의 얼굴을 번갈아 쳐다보았다. 그러더니 불쑥 말했다.

"하지만 이리엘 누나와 놀란 형이 우리의 진짜 부모가 되려면 서로 사랑해야 하잖아."

"우린 서로 사랑해."

이리엘과 놀란이 태연한 목소리로 동시에 대답했다.

"아니, 진짜 연인들처럼 말이야."

조드가 눈을 반짝이며 설명했다.

이리엘과 놀란이 한목소리로 대답했다.

"진짜 연인들처럼!"

더 나은 삶은 누가 만들까?

미래의 사회는 어떤 모습일까? 편리하고 지금보다 더 살기 좋아진 행복한 사회일까? 아니면 살기가 더 힘들고 희망이 사라져버린 암울한 사회일까?

이 소설 속에 그려진 미래 사회는 희망이 사라진 암울한 모습이다. 지나치게 편리함만 추구한 나머지 화석 에너지가 고갈되고 대기오염이 심각해져 비행기와 자동차가 사라지고, 부자와 가난한 사람들 사이의 격차도 크게 벌어진다. 가난한 사람들은 일자리를 잃고 사회보장 혜택을 잃어 몸이 아파도 치료를 받지 못해 죽거나, 집을 잃고 거리에서 노숙자 생활을 하다가 죽어간다.

그렇게 부모를 잃었거나 형편이 어려운 부모에게 버림받은 아이들은 지하세계로 숨어든다. 지하의 하수도에서 자기들끼리 패거리를 이루어 야만적이고 원시적인 삶을 살아간다. 약한 아이는 강한 아이의 폭력적인 지배를 말없이 견뎌야 한다. 반항하면 죽임까지 당한다.

이리엘도 하수도에 사는 지하세계 여자아이이다. 하지만 잔인하고 야만적인 지하세계의 법칙을 거부하고 버려진 아이 조드와 함께 더 나은 삶을 꿈꾸며 살아간다. 지상에서 살던 기억을 마음 속에 간직한 채 포기하지 않고 무엇이 더 옳고 가치 있는 삶인지 늘 고민한다. 놀란도 마찬가지이다. 하수도에서 부랑아 패거리와 함께 살아가지만, 싸움과 폭력을 거부하고 더 나은 삶을 꿈꾼다. 이 아이들이 만나서 지하세계 부랑아들을 피해 버려진 비행기 안에서 평화롭게 살게 된다.

그러나 평화롭던 삶도 그리 오래가지 못한다. 경찰들에게 발각되어 지하세계 아이들을 교화시키는 기숙학교로 끌려간 것이다. 이리엘과 놀란, 조드, 갓난아이 모이자는 뿔뿔이 흩어져 살게 된다. 이리엘과 놀란은 반드시 다시 만나자고 약속하지만 감시가 엄격한 기숙학교를 벗어날 기회는 쉽게 찾아오지 않는다. 그래도 이리엘과 놀란, 조드는 기숙학교 밖으로 나가 행복한 삶을 살겠다는 의지를 굽히지 않는다.

지상에서는 정의롭고 너그러운 의사 스모그가 더 나은 삶을 위해 여러 가지 일들을 하고 있다. 돈이 없어 치료받지 못하는 환자들을 무료로 치료해주고, 모순된 사회 구조 때문에 고생스럽게 살아가는 사람들을 돕기 위해 많은 사람들의 힘을 모아 변화를 이뤄내려고 노력한다. 하수도에서 비참한 삶을 살아가는 지하세계 아이들을 지상으로 데려와 더 좋은 삶을 살게 해주는 일에도 많은 관심을 갖고 있다.

어린 조드가 용감하게 기숙학교를 탈출하고, 마침내 스모그의 친구인 프레데와 비르질리아 부부와 연락이 닿는다. 이리엘과 놀란도 혼란스러운 파업 사태를 틈타 기숙학교를 탈출하는 데 성공한다. 이 아이들의 미래에 다시금 밝은 빛이 비쳐든다.

우리가 편안하고 행복한 삶을 살 수 있는 것은 누구 덕분일까? 강한 자와 약한 자가 서로 어울려 행복하게 살아가는 너그러운 사회는 누가 만들어내는 것일까? 지구상에는 강한 자가 약한 자를 폭력적으로 지배하고, 약한 자들이 자유를 빼앗긴 채 비참한 삶을 살아가는 나라들이 아직도 많다. 우리나라도 지금과 같은 자유를 누리지 못한 시기가 있었다. 하지만 많은 사람들이 힘을 합쳐 노력해 자유를 얻어냈다. 만약 그 사람들이 가만히 앉아서 자유와 행복을 기다리기만 했다면 지금 우리의 삶은 어땠을까?

이 소설은 2025년이라는 미래를 배경으로 상상력을 발휘해 쓴 소설이다. '겨우 십몇 년 후에 세상이 이렇게 비참해진단 말이야?'라며 미래에 대한 작가의 상상이 너무 어둡고 비관적이라고 생각할 수도 있을 것이다. 하지만 작가는 우리 모두가 마음과 힘을 합해 노력하지 않는다면 최악의 경우 이런 비참한 삶을 살 수도 있다는 생각을 했던 게 아닐까? 스모그와 오팔리아 부부, 프레데와 비르질리아 부부처럼 비참한 삶을 살아가는 이웃을 위해 힘을 보태고, 이리엘과 놀란, 조드처럼 비참한 삶을 살고 있어도 끝까지 희망의 끈을 잃지 않고 노력해야 더 나은 세상을 만들 수 있다고 말하고 싶었던 게 아닐까? 나와 내 이웃의 삶을 다시 한 번 돌아봐야 할 것 같다.

2012년 봄
최 정 수

지하세계 아이들

© 프랑수아즈 제, 2012

초판 1쇄 인쇄 2012년 3월 21일
초판 9쇄 발행 2021년 3월 2일

지은이   프랑수아즈 제
옮긴이   최정수
펴낸이   정은영

펴낸곳   ㈜자음과모음
출판등록 2001년 11월 28일 제2001-000259호
주소   04047 서울시 마포구 양화로6길 49
전화   편집부 02) 324-2347 경영지원부 02) 325-6047
팩스   편집부 02) 324-2348 경영지원부 02) 2648-1311
이메일   jamoteen@jamobook.com

ISBN 978-89-544-2721-0 (43810)